Aux Éditions Alain Bargain

Dans la collection
ENQUÊTES ET SUSPENSE ® :

Bernard Larhant
- Quimper sur le gril
- Douarnenez, piège à Mouettes
- Les Galets de Tréguennec
- Les bas-fonds de Quimper
- Pas de pardon à Locronan
- Un pavé dans La Loire

Michèle Corfdir
- Le Crabe
- Mortel Hiver sur le Trieux
- Chasse à corps à Bréhat
- Larmes de fond *(épuisé)*
- Vent contraire à Loguivy-de-la-Mer
- Herbes amères à Belle-Isle-en-Terre *(épuisé)*
- Il court, il court, le furet des Abers
- Fest-Noz sur le Nil
- Eau dormante en Trégor
- Nuits assassines à Paimpol

Françoise Le Mer
- Colin-maillard à Ouessant
- La Lame du Tarot
- Le Faucheur du Menez-Hom
- L'Oiseau noir de Plogonnec
- Blues Bigouden *à l'Île-Chevalier*
- Les Santons de Granite rose
- Les Ombres de Morgat
- Le Mulon rouge de Guérande
- L'Ange de Groix
- Buffet froid à Pouldreuzic
- Amours sur Bélon
- Maître-chanteur à Landévennec

Martine Le Pensec
- Onde de choc sur Fermanville
- Angoisse sur Penmarc'h
- Lumière noire sur la Penfeld
- Printemps funeste à Brest
- Treizième lune à Concarneau
- 32 octobre à Roscoff
- Terminus à Lannilis
- L'Enfer de Plogoff

Lise Tiffanneau-Midy
- Sortie de route en Anjou
- Vengeance sur la Corniche Angevine
- Un Justicier à Trélazé
- Réveillon obscur en Saumur
- Grabuge dans Les Mauges

Firmin Le Bourhis
- La neige venait de l'Ouest *(épuisé)*
- Les Disparues de Quimperlé
- La Belle Scaëroise
- Étape à Plouay *(épuisé)*
- Lanterne rouge à Châteauneuf-du-Faou
- Coup de tabac à Morlaix
- Échec et tag à Clohars-Carnoët
- Peinture brûlante à Pontivy
- En Rade à Brest
- Drôle de chantier à Saint-Nazaire
- Poitiers, l'affaire du Parc
- Embrouilles briochines
- La Demoiselle du Guilvinec
- Jeu de quilles en Pays Guérandais
- Concarneau, affaire classée
- Faute de carre à Vannes
- Gros Gnons à Roscoff
- Maldonne à Redon
- Saint ou démon à Saint-Brévin-Les-Pins
- Rennes au galop

Serge Le Gall
- La secte de l'Aven *(épuisé)*
- Sables mouvants à Bénodet
- La Douarneniste et le Commissaire *(épuisé)*
- Corps-mort à l'Île-de-Batz
- Traque noire à Audierne *(épuisé)*
- Fugue mortelle en RÉ *(épuisé)*
- Le moine rouge de Carantec
- La Sirène de Port Haliguen
- Coup fourré dans les Monts d'Arrée
- Vagues à lames à Noirmoutier
- Dépression sur les Glénan
- Belle-Île "Amère"
- Calvaire à Plougastel-Daoulas
- Course-poursuite sur l'Aven

Un PAVÉ dans La Loire

ENQUÊTES & SUSPENSE

Aux Éditions Alain Bargain

Dans la collection
ENQUÊTES ET SUSPENSE :

Marie-Françoise Marchal
- Frissons en Morbihan *(épuisé)*

Anne-Soizic Loirat
- Lorient l'interdite *(épuisé)*

Patrick Bent
- Erquy profite le crime
- Le macchabée du Val-André
- Saint-Cast priez pour eux !
- Hécatombe à Saint-Malo
- Nuit noire à Dinard
- Algues fatales à Erquy

Jean-Pierre Farines
- Brume sur la Presqu'île
- La route de Rocamadour
- Le Phénix est mort à Camaret

Bernard David-Cavaz
- Traboules
- La Fille de Sein

Christophe Gontard
- Dernière danse en Trièves

Jean-Pierre Le Marc
- Matin rouge au Guilvinec *(épuisé)*
- Soirées noires à Penmarc'h
- Double vie à Loctudy *(épuisé)*
- Signes de sang à Lesconil
- L'Héritier des Trépassés

Cédric Labb
- Les Démons du Midi
- Les Muses de Savoie

Jean-Jacques Gourvenec
- Chasse au congre à Lannilis
- Scénario macabre à Saint-Pabu
- Sortilèges au Conquet *(épuisé)*

Jacques Caouder
- L'Occise des Landes *(épuisé)*
- L'Évadée de Brennilis
- Le Mort de Brest-Les Abers *(épuisé)*
- La Troménie noire
- Rumeurs mortelles à St-Renan *(épuisé)*

Bruno Ségalotti
- Filouteries en Côtes-d'Armor *(épuisé)*
- La Phalange de l'Argoat *(épuisé)*
- Breizh Connection *(épuisé)*

Yves Horeau
- Une retraite pas très spirituelle *(épuisé)*

Jérôme Lucereau
- Anévrisme *(épuisé)*
- Chef-d'œuvre meurtrier à Lorient *(épuisé*
- L'affaire Callac *(épuisé)*

Jean-Luc Le Pache
- Bréhat-culpa *(épuisé)*

René Le Clech
- Baston chez les voileux *(épuisé)*

Sylvain Pettinotti
- Manzini ou "L'art des choix"
- Réactions en chaîne en Isère

Michel Renouard
- La Java des voyous *(épuisé)*
- Les castrats de Bombay *(épuisé)*
- Requiem sur le campus *(épuisé)*
- Le bouillon de minuit *(épuisé)*
- La farine du Diable *(épuisé)*
- La Vénus de Malifeu *(épuisé)*

Alex Nicol
- Mystères en Finistère
- Ça bombarde chez les Bigoudens
- Mise en Bière à Sainte-Marine
- Le Tsar de Bénodet *(épuisé)*

Bernard Morin
- Trahison à Guerlédan *(épuisé)*

Luc Calvez
- Le fils du Tigre *(épuisé)*
- Les Graffeurs du Ponant *(épuisé)*

Philippe Lepeuple
- Samba ni loi en pays nantais *(épuisé)*
- Poulets de Brest *La mauvaise farce* *(épuisé)*

Jean-Christophe Pinpin
- Qui voit Groix voit sa croix *(épuisé)*
- Qui voit Sein voit sa fin *(épuisé)*
- Qui voit Ouessant voit son sang *(épuisé)*
- Qui voit Belle-Ile voit son île *(épuisé)*
- Qui voit Molène voit sa peine
- Toulouse au bout du siècle *(épuisé)*
- Traque à Hoëdic *(épuisé)*

Patrice Rousseau
- Le faussaire de Pont-l'Abbé *(épuisé)*

Bernard LARHANT

Un PAVÉ dans La Loire

Collection

ENQUÊTES & SUSPENSE

Quadri Signe - Editions Alain Bargain
125, Vieille Route de Rosporden - 29000 Quimper
E-mail : editions.alain.bargain@orange.fr
Site Internet : www.editionsalainbargain.fr

Aux Éditions Alain Bargain
Dans la collection ***POL'ART :***

Serge Le Gall
- Sombre dessein à Pont-Aven
- Meurtres du côté de chez Proust *(épuisé)*
- Eaux-fortes à Sainte-Marine
- Ciel rouge au Pouldu

Loïc Gourvennec
- Le râle du basson *(épuisé)*

Yves Horeau
- Monsieur Butterfly *(épuisé)*

Renée Bonneau
- Nature morte à Giverny *(épuisé)*
- Séquence fatale à Dinard *(épuisé)*
- Sanguine sur la Butte *(épuisé)*

Stéphane Jaffrézic
- Toiles de fond à Concarneau
- Le Rubis de Châteauneuf-du-Faou

DU MÊME AUTEUR :

- *La croisée des maux* - roman - 2006 - Art Média Éditions (à présent Arphilvolis).

Cet ouvrage de pure fiction n'a d'autre ambition que de distraire le lecteur. Les événements relatés ainsi que les propos, les sentiments et les comportements des divers protagonistes n'ont aucun lien, ni de près ni de loin, avec la réalité et ont été imaginés de toutes pièces pour les besoins de l'intrigue. Toute ressemblance avec des personnes ou des situations existant ou ayant existé serait pure coïncidence.

REMERCIEMENTS

- À Lorraine, pour sa lecture attentive d'outre-Atlantique.

I

Lundi, 7 heures du matin. Cochonnerie de crachin nantais qui trempe les corps jusqu'aux os et crotte les santiags ! Dès que les lieutenants Martinet et Fontaine arrivent sur les bords de Loire, dans un terrain vague situé en aval de Couëron, leur premier ordre s'adresse aux bleus pour leur ordonner de délimiter la scène de crime déjà passablement piétinée par les inévitables badauds. Pendant que Julien Fontaine se charge d'interroger le joggeur qui a découvert le corps, appliqué à se réchauffer dans un fourgon de police, Annabelle Martinet effectue les premières constatations, note des traces de pas de grande taille aux alentours de la scène de crime et ramasse l'enveloppe d'un chewing-gum Hollywood qu'elle s'empresse, mains gantées, d'enfoncer dans un sac plastique. Aucun autre indice apparent autour de la victime, allongée sur le ventre dans ce terrain vague sordide où ne poussent que quelques joncs et des herbes sauvages.

En examinant de loin la dépouille dévêtue, Annabelle remarque quelques éléments troublants qui lui rappellent l'affaire que l'équipe tente d'élucider depuis quelques jours, sans résultats pour l'instant. Notamment la bande adhésive noire qui enserre les poignets et les chevilles de la malheureuse, le sac plastique magenta qui lui couvre le visage, provenant d'une chaîne nationale de librairies, avec son énorme H blanc. Pas de traces de lutte, pas le moindre vêtement de la victime dans les parages, pas de papiers d'identité.

Les membres de l'équipe technique de l'Identité Judiciaire prennent des photos par dizaines et récupèrent les maigres indices potentiels, retrouvés sur les lieux. Annabelle leur demande de faire analyser les "paluches" sur le papier du chewing-gum à la chlorophylle, sans trop d'illusion, car rien ne prouve son lien avec l'agresseur. Les deux enquêteurs retournent avec précaution le corps – une femme d'une quarantaine d'années au fort excédent de poids, dotée d'une opulente poitrine certainement refaite – et l'un d'eux enlève délicatement le sac plastique couvrant le visage après avoir décollé la bande adhésive qui le serre à hauteur du cou. Annabelle se saisit aussitôt du ruban collant, convaincue qu'il est identique à celui utilisé pour l'affaire en cours.

Elle s'arrête net quand une voix féminine l'apostrophe et la fait tressaillir :

— Où avez-vous appris votre métier, OPJ, pour ne pas prendre un minimum de précautions avant de retirer un élément essentiel de l'atmosphère environnementale du meurtre ?

— Et vous, que faites-vous sur une scène de crime, réplique la policière en avisant une bourgeoise paumée dans ce secteur désert, vous n'avez pas remarqué la bande plastique de gel des lieux ?

— Je suis le commandant Delacour. On vous a certainement annoncé mon arrivée pour prendre la direction de l'enquête sur la mort de Clémence Abidal et, dès maintenant, sur celle de cette inconnue, puisque les deux affaires semblent liées, comme vous allez sans doute me l'assurer très vite. Veuillez vous éloigner, votre parfum bas de gamme mêlé à l'odeur de transpiration qui suinte de votre perfecto altère ma perception de l'atmosphère périmètre !

— Atmosphère, est-ce que j'ai une gueule d'atmosphère ! marmonne Annabelle, sans se retourner, avant de se relever.

— Pardon, des objections, Lieutenant ?

— Non, soyez la bienvenue au sein de la PJ de Nantes ! Tiens, voilà justement le lieutenant Julien Fontaine qui revient de son premier contact avec le témoin ! Vous avez les deux tiers de votre équipe sous la main, à présent !

— À voir votre tenue de cuir, vous êtes la propriétaire de la grosse moto posée à l'entrée du chemin de terre…

— Pourquoi cela vous pose un problème ? rétorque Annabelle, irritée. Dès que Julien m'a appelée, j'ai sauté sur ma 750 pour venir le rejoindre en veillant à laisser ma bécane à distance pour ne pas mêler les traces de mes roues à celles du véhicule du criminel. Alors, comment humez-vous l'atmosphère du lieu,

Commandant, à présent que je suis à distance du périmètre ? Pardonnez-moi, c'est la première fois que je vois un profileur de près, je ne sais pas encore comment ça fonctionne.

— Continuez ainsi et vous prenez une gifle pour insolence ! assène le commandant Agnès Delacour en haussant le ton. J'ai besoin de calme et de sérénité pour me concentrer. Laissez-moi cinq minutes et je vous rejoins, tous les deux ! Ah, une dernière chose, trouvez-moi un café, je n'ai rien eu le temps d'avaler. S'il vous plaît, lieutenant Martinet !

Annabelle n'est pas d'un tempérament à se laisser marcher sur les pieds, encore moins à subir les brimades de la hiérarchie. Julien Fontaine le sait bien, qui rit intérieurement de voir sa collègue s'approcher de lui en ronchonnant.

Cela fait à peine deux mois qu'il a été muté à la brigade de Nantes, frais émoulu de l'école des officiers de police, il a tout de suite craqué devant cette sauvageonne qui rend la justice durant les heures de travail et rejoint une bande de loubards à blouson noir, tellement semblables au sien, dès qu'elle reprend sa liberté.

Elle est son aînée d'un an à l'état civil et de deux dans la profession ; acquis suffisant pour qu'elle le mène par le bout du nez.

— Tu as appris des détails intéressants en interrogeant le témoin ? lance-t-elle mollement. Au fait, tu ne sors jamais de chez toi sans ta Thermos de café noir, si mes souvenirs sont exacts ? Sers-en une tasse à Samantha Waters qui nous fait l'honneur de venir commander notre équipe !

— À qui ça ? s'étonne Julien.

— Samantha Waters ! Tu n'as jamais regardé la série Profiler à la télé ? Je te croyais pourtant du style soirée pizza-polar ou pizza-foot, pantoufles aux pieds et chaussons aux pommes…

— Le joggeur m'a seulement certifié qu'il n'a vu personne autour du corps, ce qui signifie que le crime a eu lieu avant 6 heures 30 du matin, moment où il a failli buter sur le cadavre qui se trouvait au milieu de son chemin, comme si le tueur voulait que ce type le découvre ! Et toi, des indices ? J'ai vu l'un des gars de l'IJ repartir avec un papier d'emballage. Espérons qu'il a été jeté par notre type, ce dont je doute pourtant, car il semble très intelligent et ne laisse pas de preuves derrière lui. Deux crimes parfaits, c'est râlant ! Pour ma première grosse affaire, toutes les certitudes nées de mes cours et de mes stages volent en éclats ! L'assassin commet toujours une erreur, me certifiait mon mentor.

En retournant la tête, les deux lieutenants aperçoivent Agnès Delacour droite comme un i sous son pébroque, fixant le cadavre, les yeux mi-clos, dans une attitude quasi mystique. Ils savaient qu'elle arrivait ce jour et avaient pris comme une brimade le fait que l'enquête leur échappe. Manque de résultat ou d'expérience, peu importe, la venue d'un nouveau chef d'équipe sonne comme un désaveu et la pilule leur reste en travers de la gorge. Il faut dire qu'elle impressionne, Agnès, avec son long manteau tabac tombant sur des bottines assorties, sa chevelure auburn en bataille et ses troublants yeux vert clair !

« Il faut au moins cela pour inciter un mort à passer à table », se prend à railler Annabelle en secouant la tête de dépit.

S'ils ne sont que deux, c'est tout simplement parce que leur supérieur, le capitaine Hicham El-Saïd, fouille déjà le quartier depuis près d'une heure, en quête d'indices supplémentaires. « S'il voyait le tableau de Bernadette Soubirous en attente d'une illumination, il péterait un câble ! », songe Julien, lui qui privilégie les méthodes rationnelles ou, comme il le dit lui-même, reprenant une expression sportive, viriles mais correctes !

— C'est bon, vous pouvez retirer le corps ! ordonne Agnès, enfin sortie de sa méditation, sans même regarder l'homme qu'elle considère comme le médecin légiste. J'ai puisé de la scène assez de détails pour me faire une idée relativement exacte de ce qui s'est passé. Et vous, vos premières conclusions, Lieutenants ?

— Le capitaine El-Saïd, le chef d'équipe avant votre arrivée, suit la piste d'un type, Olivier Marchy, depuis le meurtre de Clémence Abidal, avance Julien Fontaine, tout en retenue. Si nous trouvons l'ADN de ce type sur le papier de chewing-gum, si sa pointure correspond à celle que nous avons notée autour du corps, c'est bingo. Même mode opératoire pour les deux crimes, à première vue, même souci du détail dans la mise en scène, seulement cette fois, nous avons des traces de pas et l'emballage en cadeau.

— Un fait est certain, pour trimballer une nana de plus de soixante kilos sur ses épaules, le meurtrier ne peut être qu'un mec ! enchérit Annabelle en jouant avec la fermeture Éclair de son blouson de cuir sous lequel elle ne porte visiblement rien d'autre qu'un soutien-gorge de sportive. Pas la moindre trace d'une bagnole ou d'une bécane, juste ces empreintes fraîches de godasses dans le périmètre ! La route est à une centaine de mètres, il faut se la colporter, la quadra ! Il a fallu qu'elle s'empiffre un max de gâteaux à la crème pour accumuler autant de cellulite aux cuisses et de bourrelets de graisse à la taille !

— Il doit s'agir d'une artiste, je pencherais pour une chanteuse… annonce Agnès sur un ton monocorde. Elle se produisait hier soir dans une salle de la région et quelqu'un l'attendait à la sortie. Une personne qu'elle connaissait, une femme sans doute… Oui, certainement une femme. Elle se sentait en confiance, elle n'a pas opposé de résistance lorsque sa connaissance lui a demandé si elle pouvait la reconduire jusque chez elle. Notre victime s'est mise au volant de sa voiture et c'est peu après qu'elle s'est aperçue du piège. N'avez-vous pas remarqué, Lieutenant Fontaine, combien elle empestait l'alcool, sitôt le sac plastique retiré ? D'ici, je sens encore les effluves d'un cognac bas de gamme ! Elle a été saoulée à dessein, conduite jusqu'ici dans un état second, forcée de se dévêtir sur le lieu de son trépas, attachée avec ce ruban adhésif d'emballage noir, les poignets d'abord, les chevilles plus tard. Puis elle a été étouffée avec le sac plastique.

— Le film s'est déroulé devant vos yeux pour que vous nous le décriviez avec autant de précisions ? s'étonne Annabelle, visage interdit. Dans ce cas, c'est simple, vous allez nous faire le portrait-robot de cette gonzesse assez baraquée pour charger cette grosse bonne femme sur son épaule et la transporter sur une centaine de mètres – car nous n'avons qu'une paire d'empreintes de pas – 1 mètre 80 minimum et des biscotos d'acier.

Annabelle n'a pas le temps de poursuivre son persiflage qu'elle est soulevée du sol et parcourt la petite centaine de mètres qui mène à la route sur le dos d'Agnès, suscitant les éclats de rire de Julien. Une fois toutes deux arrivées à proximité de l'asphalte, le commandant libère sa captive en la lâchant sans ménagement sur le bitume. Annabelle se retrouve les quatre fers en l'air, le nez frottant la roue arrière de sa 750.

— 1 mètre 72, 59 kilos, mais cinq années de judo ! explique Agnès en aidant sa collègue à se relever. Une sportive émérite peut accomplir un tel geste sans difficulté ! La victime n'a pas été violée, même pas agressée physiquement. Ce geste n'est pas celui d'un homme, en tout cas pas d'un maniaque sexuel. Cela dit, je peux me tromper…

— Une femme qui mâche du chewing-gum et chausse du 45, ce qui n'est pas votre cas, Commandant, cela vous élimine de fait de la liste des suspectes ! poursuit Julien Fontaine, mi-sérieux, mi-railleur. Vous êtes donc libre, vous ne correspondez pas à notre portrait-type.

— Trop aimable, Lieutenant ! Le ou la coupable peut très bien avoir récupéré le papier d'un chewing-gum laissé dans le cendrier d'un bar par votre suspect numéro un, en vue d'aiguiller les soupçons vers lui ; tout comme il est possible à une personne chaussant du 39, comme moi par exemple, d'utiliser des chaussures masculines de pointure 45 pour brouiller les pistes. Je pense que, lorsque nous aurons identifié la victime, nous retrouverons sa voiture dans un périmètre de 500 mètres. Une fois son forfait accompli, le criminel aura récupéré la sienne, qu'il avait préalablement laissée à cet endroit. Ne me regardez pas avec ces yeux de merlan frit, tous les deux ! Je reviens d'une année de stage au sein du FBI, aux côtés d'un profileur de talent, reconnu dans le monde entier. J'ai acquis par cette expérience unique quelques connaissances supplémentaires qui me permettent de gagner du temps sur le tueur en série. Car à partir de cet instant, il nous faut parler de serial killer.

— Seulement, ici, on se trouve à Nantes, pas à Miami, Las Vegas ou Manhattan ! rétorque Annabelle en se massant encore l'épaule.

— Là, vous commettez une erreur de programmes télévisés, Lieutenant ! ricane Agnès, appliquée à jouer avec la fermeture éclair du blouson de sa subalterne. Vous confondez Profiler et Les Experts ! Au fait, j'espère que je ne vous ai pas fait mal, en me servant de vous pour ma démonstration ! Comme vous avez l'allure d'un biker, je vous ai prise pour une dure à cuire qui ne craignait pas un geste brusque. En fait, cette tenue de "*bad girl*" cache un cœur de midinette et une silhouette de sylphide.

— Vous m'avez eue par surprise, c'est tout ! réplique Annabelle, piquée au vif. À la loyale, vous n'auriez jamais pris le dessus ! Vous avez de la chance que mon Perfecto ne soit pas déchiré, sinon vous auriez dû casser votre tirelire pour m'en payer un autre ! Vous savez combien je l'ai payé ?

— Vous ne l'avez pas volé dans un magasin, c'est déjà cela !

Hicham El-Saïd rejoint son équipe et se présente aussitôt à son supérieur. Ce Maghrébin longiligne de 35 ans au regard d'aigle noir parle peu, travaille souvent en solitaire, utilise des méthodes parfois peu orthodoxes, seulement il parvient toujours à ses fins. À la conclusion d'un dossier, ses coéquipiers préfèrent ne pas savoir la manière dont il s'est servi pour obtenir des indices ou des aveux, même si jamais un témoin ou un prévenu n'a porté plainte contre lui. « À traque de truands, méthodes de canailles ! », a-t-il coutume d'assurer à ses adjoints. Seul compte pour lui le résultat. Du moins, pour le boulot, car ensuite, toute son existence est consacrée à sa famille : à sa femme et à son môme.

— Je pense que j'ai déniché le véhicule de la victime un peu plus loin… annonce-t-il, sans une expression sur son visage. Une Clio assez âgée qui semble abandonnée dans cette zone peu habitée. D'ailleurs, un voisin insomniaque a vu un individu quitter cette bagnole pour monter dans une autre. On va avoir du mal à le coincer, ce salaud, on ne la lui fait pas ! Et vous, de votre côté, ne me dites pas que cette fois-ci encore, il ne nous a laissé aucun indice ?

— Si, des traces de pas dans la boue et un emballage de chewing-gum ! argue Annabelle en regardant Agnès. Le commandant pense qu'il s'agit d'une femme et tes premières conclusions corroborent une partie de ses prédictions, ce qui me fiche singulièrement les boules.

— Ce ne sont pas des prédictions, précise la chef, irritée, j'ai émis des déductions à partir de détails qui me permettent de matérialiser mes impressions. Bon, rentrons au bureau pour faire le point sur cette affaire et la précédente ! J'aimerais aussi me rendre sur le lieu du premier crime, munie des photos prises par l'Identité Judiciaire et des maigres indices laissés par le meurtrier.

Dès son arrivée au commissariat, Agnès Delacour fait la connaissance du grand chef, le commissaire Daniel Jourdan, un homme de terrain respecté de ses effectifs en raison d'une carrière exemplaire, frustré de se morfondre désormais dans un bureau et de passer ses journées à signer des ordres de mission et à gérer des budgets. C'est lui qui a réclamé la présence d'un profileur pour aider à coincer le criminel, pressentant, au vu de la manière d'opérer, qu'il pourrait s'agir d'un tueur en série qui allait empoisonner sa dernière année de fonction. Très proche de ses équipes, il perçoit instantanément leurs problèmes et tente d'y remédier. Ainsi, à cet instant, Hicham vit mal l'irruption d'une supérieure chargée de les chapeauter, porteuse de méthodes nouvelles qui vont forcément le perturber. Le commissaire s'efforce donc d'arrondir les angles en présentant en quelques phrases convaincues Agnès qui possède l'avantage de connaître assez bien la région, puisqu'elle est originaire de Saint-Nazaire.

La nouvelle venue reste discrète dans un coin du bureau ; Julien l'observe. Physiquement d'abord : solide – elle l'a prouvé aux dépens d'Annabelle – cheveux auburn ni courts ni longs, ni même simplement peignés, de beaux yeux vert clair qui sondent les interlocuteurs comme un laser, une petite bouche fine qui tranche avec un aspect général un peu masculin, une tenue classique qui laisse imaginer un corps superbement formé, de bonnes fesses et de bonnes cuisses suggérées par un pantalon de velours un rien serré. Pour le reste, commandant à 40 ans, un parcours sans faute comme en témoigne un CV qui les a fait pâlir d'envie lorsque le commissaire le leur a présenté, une réputation de froideur et de ténacité qui s'est vite vérifiée. Surtout la froideur ! Une fois Daniel Jourdan reparti à ses responsabilités, Agnès s'assoit dans le fauteuil du bureau pour s'adresser à son équipe :

— Mon métier, c'est de sonder les personnages pour lire ce qui se cache derrière un corps, un visage, une tenue, un lieu, un mot, un indice banal ; je sais donc ce que vous pensez de moi ! annonce-t-elle d'emblée en balayant ses trois collègues d'un mouvement calculé. C'est ma première affaire depuis mon stage américain, je ne possède pas la science infuse et je désire seulement apporter mon savoir au service de l'enquête que nous mènerons ensemble. Vous avez vos habitudes et vos principes, conservez-les ! Je ne viens pas prendre votre place, vous donner une leçon d'efficacité ni vous commander selon ma vision du métier ! Je ne sais même pas si je resterai à Nantes à l'issue de l'enquête, alors... Je ne cherche à vous imposer ni mes idées ni mes règles de travail, par contre je désire une collaboration loyale et efficace !

— Dans ce cas, on peut se tutoyer ! lance Annabelle avec une esquisse de sourire. Cela aidera à briser la glace car, au premier abord, tu es plutôt quelqu'un de froid et...

— Vouvoyez-moi, je vouvoierai chacun de vous ! coupe sèchement Agnès. J'ai horreur de la familiarité dans le travail car elle mène souvent à des négligences. Entre vous, continuez à agir comme par le passé, je vous le répète, je ne suis que de passage. J'insiste, je vous laisserai mener votre enquête à votre guise, sans rien changer à vos habitudes. Vous avez vos méthodes, vos indics, votre intuition personnelle, rien ne sera de trop pour boucler rapidement cette affaire. Néanmoins, je suggère que le lieutenant Martinet fasse équipe avec le capitaine El-Saïd, tandis que le lieutenant Fontaine m'accompagnera dès à présent ! J'ai su que vous aviez entamé des études de psychologie avant d'intégrer la police et que vous avez obtenu d'excellentes appréciations lors de chacun de vos stages. Je suis certaine que nous parviendrons facilement à nous entendre…

— Pardonnez-moi, Commandant, mais Julien et moi avons l'habitude de fonctionner ensemble, explique Annabelle, embarrassée. Je n'ai rien contre Hicham, seulement il aime bien agir en solo et je ne sais pas s'il acceptera une fille comme moi à ses côtés…

— Cette fois, il s'agissait d'un ordre, Lieutenant Martinet ! coupe Agnès. Vous accompagnez le capitaine El-Saïd et le lieutenant Fontaine fait équipe avec moi ! Message reçu ?

— Bien Chef !

— Bien Commandant ! Nous ne sommes pas dans une cuisine de restaurant mais dans un commissariat de police, même si nous laissons parfois mijoter nos suspects pour qu'ils se mettent à table.

Dès le début de l'après-midi, Agnès et Julien se rendent au domicile de Clémence Abidal, la première victime. 44 ans, divorcée, décoratrice d'intérieur, installée dans un quartier résidentiel de Rezé, une réputation d'oiseau de nuit, de fêtarde. En contemplant une photo de la victime prise quelques mois avant sa mort, Agnès note des similitudes avec la femme de ce matin ; une brunette bien en chair qui devait chercher à séduire en exhibant son opulente poitrine et en affichant ses rondeurs comme des objets de désir.

— Une proie idéale pour un pervers porté sur les femmes d'âge mûr au corps bien potelé, ajoute Julien Fontaine, convaincu de la piste d'un maniaque. L'enquête a permis d'établir un point : elle a passé sa soirée dans une boîte branchée de la périphérie nantaise, avant qu'un appel téléphonique ne la pousse à quitter la discothèque pour prendre sa voiture et s'évanouir dans l'obscurité de la nuit. Il était deux heures du matin, il lui restait alors 150 minutes à vivre, selon le légiste. Son assassin l'a accompagnée chez elle, à bord de sa voiture qu'elle a rangée dans son garage comme à l'accoutumée ; elle avait déjà passablement forcé sur le champagne, pourtant, elle a été contrainte d'ingurgiter ensuite le contenu d'une bouteille de cognac qui lui a supprimé toute volonté de résister à son agresseur. On l'a retrouvée allongée sur son lit, entièrement dévêtue, attachée aux poignets et aux chevilles par une longueur de sparadrap, la tête enfermée dans un sac plastique semblable à celui qui a été retrouvé voilà quelques heures, sur la victime du jour. Un bout de bande adhésive serrait le sachet autour du cou, empêchant l'air d'arriver jusqu'à sa bouche ou ses narines, causant l'asphyxie.

Pas un seul objet de décoration n'a été volé chez elle, aucune empreinte dans les pièces, aucune trace des habits affriolants ou des chaussures qu'elle portait durant la soirée, de son sac à main contenant ses papiers d'identité, de la bouteille de cognac vide. Si l'équipe a convoqué Olivier Marchy, c'est seulement en raison de son passé de violeur de deux femmes de 40 ans, qui l'a contraint à passer huit années derrière les barreaux. Sorti voilà juste un mois, il a sans doute récidivé, allant un peu plus loin en éliminant ses victimes pour les empêcher de le dénoncer… Pourtant, des détails clochent, qui font douter de sa culpabilité : ses deux précédentes victimes étaient des blondes qui se souciaient de leur ligne ; de plus, il avait abusé d'elles après les avoir neutralisées. Enfin, il portait une cagoule et les avait laissées en vie, les terrorisant seulement par le chantage de diffuser les photos, si elles allaient tout raconter aux policiers.

Rien n'a bougé depuis quinze jours dans la résidence de Clémence Abidal. Un appartement superbe – logique pour une décoratrice d'intérieur – à la décoration résolument moderne et inventive, avec des touches de fantaisie à l'image de la victime. Une fois de plus, Agnès s'isole dans le lieu pour s'imprégner de tout ce qui peut la mener sur une piste. Elle a posé les clichés du cadavre sur le lit de la chambre, à côté de deux autres, pris le soir même par un photographe local, où Clémence Abidal éclate de rire devant l'objectif : un esprit d'adolescente dans un corps de femme ! Une bonne bouille joufflue surmontée d'une frange brun foncé lui tombant jusqu'aux sourcils. Une poitrine opulente, désireuse de s'échapper d'un bustier sexy à dentelles. Quant à l'unique bouton de la veste de velours noir, il semble proche de céder sous la pression d'un corps aussi débordant de vie ! Elle avait choisi d'assumer pleinement sa petite taille et ses rondeurs. Du moins en apparence.

En quittant la chambre pour revenir au salon, Agnès découvre Julien Fontaine qui l'attend, appuyé à un mur, les bras croisés sur sa chemise à rayures. Il n'ose pas l'interroger, elle subodore son attente.

— L'assassin a appelé Clémence Abidal sur son portable, à partir d'une cabine, comme l'a révélé votre enquête. Nul ne sait s'il l'a convaincue de se rendre à la voiture en déclinant son identité ou en l'affolant, par exemple au prétexte d'une éraflure sur la carrosserie, un classique du genre. Je penche pour l'hypothèse suivante : Clémence connaissait son agresseur ; elle l'a conduit chez elle de son plein gré. Là, sous la menace d'une arme, il l'a obligée à boire le contenu de la bouteille de cognac pour la désinhiber totalement, avant de la forcer à se soumettre à son mode opératoire qui semble relever du fétichisme. Ou alors d'une névrose liée à une blessure de jeunesse. Vous n'avez trouvé aucune trace suspecte sur le couvre-lit ? C'est bizarre !

— Non, pas la moindre ! s'étonne Julien en venant s'asseoir en face de son chef. Pourquoi n'a-t-il pas tenté d'abuser d'elle ? Quel intérêt possède un cinglé à faire périr de la sorte une femme pulpeuse et sexy, sans même chercher à la violer ? Tout ce que j'ai appris à l'école de police ne tient pas la route. Les tueurs en série sont majoritairement des hommes, vous prétendez l'inverse dans l'affaire qui nous occupe ; ils passent à l'acte pour une question de sexe, d'argent, ou pour le "grand frisson" ; ici, cela ne semble pas le cas. La signature est évidente, mais elle ne nous éclaire pas : les mains ont été attachées pour lire la frayeur dans le regard de la victime impuissante, seulement pour notre individu, pourquoi agir ainsi puisqu'il ne la touche même pas ? Juste par sadisme ? Avons-nous affaire à un impuissant qui sait les limites de ses pulsions ? Et s'il connaît la victime, pourquoi la saouler au préalable ? S'il peut la soulever du sol, il peut la neutraliser sans la droguer… Et pourquoi la faire mourir par suffocation ? Le souvenir d'un jeu de gamins ou d'un bizutage de potaches qui aurait mal tourné ?

— Excellente analyse, Lieutenant ! ponctue Agnès en se levant pour tourner autour du salon. Quelques détails que je livre à votre perspicacité, néanmoins :

on peut aussi tuer par vengeance… Vengeance face à une espèce déterminée : ici, éventuellement, les quadragénaires aux cheveux bruns, à forte poitrine, passant vite pour des allumeuses, ou encore les prédatrices de la nuit qui prennent et jettent les hommes au gré de leurs désirs… Vengeance après une humiliation subie, avec l'objectif de ne pas se faire prendre, ce qui explique la prudence du criminel, sa volonté de ne pas laisser son ADN sur le lieu du crime… Ou encore vision mystique qui réclame à l'assassin de nettoyer la planète de certains individus : pour le cas de Clémence, une bourgeoise libérée et amorale…

— Commandant, vous pensez toujours qu'il s'agit d'une criminelle, après la vision de la seconde scène de crime ? questionne Julien en se levant à son tour.

— Je ne vois pas un homme assez maître de lui pour rester de glace devant un corps féminin aussi pulpeux ! Même un eunuque l'aurait au moins caressée, aurait palpé un mamelon aussi lourd, aurait hasardé une main dans l'entrecuisse, mais une femme animée par un désir de vengeance peut se satisfaire pleinement d'éprouver une autre forme de jouissance plus personnelle, plus intime… Appliquant un plan machiavélique et implacable pour prendre une revanche sur le sort, sur un fait divers insignifiant en apparence, par jalousie physique ou sociale… Mais je n'exclus pas totalement l'acte d'un homme manipulateur au mental très fort, même si cela me semble improbable. Il sera intéressant de se pencher sur la personnalité des victimes : leur style de vie, leur passé, leurs hobbies, leurs habitudes, leurs lieux de loisirs, leur entourage, leur activité professionnelle. Il se dégagera certainement des points de convergence sur lesquels il nous faudra travailler avec méthode et précision. Même si Olivier Marchy, dont la presse n'a pas manqué de signaler qu'il représentait le suspect numéro un dès sa première audition, mâche des chewing-gums à la chlorophylle et chausse du 44, je n'en ferai pas le coupable ! Juste un parfait bouc émissaire.

À leur retour au commissariat, les deux policiers croisent une Annabelle triomphante, sortant de la salle d'interrogatoire avec un sourire hilare. Elle tend à Agnès un paquet d'Hollywood et une chaussure appartenant à Olivier Marchy, satisfaite du résultat de ses investigations pour un lieutenant qui n'a pas suivi de formation particulière sur un autre continent. Le commandant se contente d'esquisser un sourire avant de demander à sa subalterne si le suspect a avoué.

— Non, pas encore, il prétend même qu'il a un alibi que j'ai demandé de vérifier, réplique Annabelle du tac au tac. Seulement, devant l'accumulation de preuves, il ne va pas tarder à craquer, je fais confiance à Hicham pour cela ! Conforté par sa remise en liberté, après son interpellation suite à la mort de Clémence Abidal, il n'aura pu s'empêcher de céder à nouveau à ses mauvais penchants… Seulement, cette fois, on ne va pas le lâcher. Je crois qu'on vous a dépêchée pour rien sur Nantes, vous allez pouvoir rapidement repartir vers des villes où les équipes de terrain sont moins efficaces que la nôtre… C'est dommage, nous n'avons pas eu l'opportunité de faire davantage connaissance, je suis certaine que nous aurions pu devenir amies…

— Vérifiez tout de même l'alibi de Marchy, pour ne pas vous retrouver avec l'IGS sur le dos, Lieutenant Martinet ! conseille Agnès en demandant à Julien Fontaine de la suivre dans son bureau.

Juste après, Hicham El-Saïd frappe à la porte et pénètre dans la pièce avec à la main le dossier complet de l'identité de la seconde victime.

— Karen Dulac, 44 ans, célibataire. Ex-star éphémère de la chanson, voilà plus de vingt ans, sous le nom de Kali. Il me semblait bien que je l'avais reconnue, même si elle a morflé physiquement durant ces années ! Elle vivote depuis en animant des soirées dans la région, en donnant des galas avec ses quelques anciens tubes et un répertoire plus connu. Hier soir, elle se trouvait à Saint-Herblain, pour la fête locale. Voilà deux ans, elle s'était fait refaire le visage et la poitrine, avec les gains d'une compilation de ses anciens succès et elle avait repris sa véritable identité pour rompre avec un passé qui lui collait aux basques. Ce qui explique pourquoi personne ne l'a formellement reconnue, malgré sa petite notoriété de l'époque. Sinon, je ramène aussi les premières conclusions du croque-mort.

— Du croque-mort ? s'étonne Agnès.

— Pardon, du médecin légiste, Jean-Paul Fauré ! se reprend le capitaine. Vous aviez raison, elle a bien bu du cognac à forte dose et n'était plus totalement consciente au moment de sa mort. Elle ne devait même plus tenir sur ses jambes en arrivant sur le lieu de son exécution. Je pensais poursuivre l'enquête à Saint-Herblain en allant interroger les responsables de la soirée…

— Merci Capitaine ! Cette fois-ci, plus de doute possible ! Nous avons affaire à un serial killer qui semble s'amuser avec nous, comme le démontre l'histoire du chewing-gum et des traces de chaussures. Mais nous n'allons pas entrer dans son jeu. Julien, je vous laisse convaincre le lieutenant Martinet qu'elle fait fausse route avec son suspect. Le port du casque est bénéfique pour la sécurité, mais visiblement néfaste pour l'évolution du cerveau. De mon côté, je dois me rendre au palais de justice pour faire connaissance avec le juge d'instruction dont je dépends. Bon courage, Lieutenant !

En sortant du commissariat, place Waldeck-Rousseau, Agnès constate que la pluie s'est arrêtée, ce qui va lui permettre de s'adonner à sa passion : la marche. Certes, elle va devoir traverser le centre-ville pour se rendre à l'île Beaulieu ; cela ne lui fait pas peur et lui laisse le loisir de réfléchir tout en progressant le long de l'Erdre. Perdue dans ses pensées, elle omet d'admirer l'île de Versailles, si bien aménagée avec son jardin japonais. À peine lève-t-elle les yeux pour admirer la cathédrale Saint-Pierre-et-Saint-Paul dont elle se souvient de l'incendie de la toiture dans les années 1970. Elle s'arrête cependant quelques instants devant le château des Ducs de Bretagne pour apprécier sa restauration et surtout ses douves, débarrassées des immondices qui la remplissaient. Elle arrive enfin au pont Aristide Briand qui traverse un bras de la Loire pour mener à l'île Beaulieu. Elle n'est toujours pas à proximité du nouveau palais de justice et doit encore accomplir quelques centaines de mètres le long du fleuve, bien impétueux en ce lendemain de grosses averses.

Enfin, elle parvient sur le quai François Mitterrand, avec pas mal de retard sur l'horaire du rendez-vous, et découvre une immense construction moderne. Rarement, Agnès Delacour n'a eu à pénétrer dans un bâtiment aussi étonnant que le nouveau palais de justice de Nantes.

Conçu par l'architecte Jean Nouvel, il occupe une partie de l'île Beaulieu, proche du centre-ville, auquel il est relié par une passerelle piétonne. D'un concept résolument futuriste, il tranche avec les habituelles bâtisses de pierre monumentales au frontispice soutenu par des piliers robustes. Ici, rien de tout cela ! Construction de verre et de métal, le lieu est par bonheur planté au milieu d'espaces verts qui donnent à la justice une note plus humaine. Pour autant, comment ne pas repenser avec nostalgie à l'ancien bâtiment dans lequel on pénétrait avec solennité et non avec l'agitation de touristes cosmopolites débarquant dans un aéroport ?

À l'intérieur, après un petit parcours du combattant, Agnès finit par prendre contact avec le juge Édouard Raspail, un homme d'une quarantaine d'années, à l'allure moderne et au regard vif. C'est lui qui a insisté pour qu'Agnès prenne cette affaire en main.

Le premier contact est un peu crispé entre une femme froide d'apparence, sur son quant-à-soi, et un magistrat impressionné par la prestance de son interlocutrice et fasciné par sa trajectoire parfaite. En guise de préambule, la conversation s'oriente sur le bâtiment.

Le juge Raspail avoue regretter l'ancien palais de justice et ne pas comprendre comment on peut qualifier celui-ci de palace, comme le fait la presse. Rapidement, il en vient au vif du sujet en expliquant comment, dès la lecture du premier rapport sur la mort de Clémence Abidal, il a compris que ce crime n'était que le premier d'une série. Rien ne correspondait à un acte isolé, ni le mode opératoire ni les motivations possibles.

— Vous connaissiez les victimes, Monsieur le juge ? interroge la policière. Clémence Abidal devait fréquenter les cercles huppés de la ville desquels je vous imagine familier, par goût ou par devoir… Et Karen Dulac était l'une des gloires artistiques de la région, même si son aura avait perdu de son lustre au fil des années.

— Appelez-moi Édouard, je vous prie ! suggère le magistrat. Ne jouons pas les vieux précieux, cela n'est pas de notre âge. Clémence Abidal ne fréquentait pas les lieux qui me sont les plus familiers ; néanmoins, il m'est arrivé de discuter avec elle à un cocktail ou une inauguration. Si je devais vous fournir un jugement à l'emporte-pièce, je dirais qu'il s'agissait d'une femme extravagante, exubérante même, qui transportait ses clients, au gré de sa fantaisie, dans des univers qui ne les enthousiasmaient pas forcément, une fois le résultat visualisé. Seulement, elle possédait une notoriété inoxydable, une assurance inébranlable et œuvrait pour des gens qui ne pouvaient reconnaître leur faute de goût devant leurs semblables. Il existe des couches de société où le paraître vaut plus que la sincérité, et encore plus dans notre monde actuel où le kitch passe pour de l'art moderne ! Elle vendait de la poudre aux yeux ; lorsque les paupières de l'acheteur s'ouvraient, le choc était dur pour certains regards ! Seulement, pas un seul de ces notables n'aurait pris le risque d'éliminer une arnaqueuse pour se venger d'une humiliation. Mieux, ils recommandaient sans doute à leurs meilleurs ennemis de s'offrir ses services pour affirmer leur position sociale…

— Et concernant Karen Dulac, la star en perte de vitesse, un commentaire, Monsieur le juge ?

— Une voix incomparable, hélas mal orientée ! argumente Édouard Raspail. J'ai eu l'occasion de lui en exprimer un jour mon regret ; j'aurais aimé l'entendre dans un registre jazzy et non dans la chansonnette pour hit-parade, la beuglante pour diva de bacs à disques ! Elle a tout plaqué, sa maison de production, son agent, ses musiciens attitrés, pour revenir vivre auprès de ses parents, aujourd'hui décédés, dans la ville de sa jeunesse. Je crois qu'elle a connu de nombreux échecs sur le plan sentimental, raison pour laquelle elle était toujours célibataire, même si, durant une époque, ses idylles sulfureuses, réelles ou inventées par les tabloïds, ont défrayé la chronique. Qui pouvait lui en vouloir ? C'est elle qui aurait pu éprouver une rancœur face à une société si prompte à broyer les dieux qu'elle a adorés ! Si je devais leur trouver un point commun, ce serait une même rancœur face à la nature et au monde moderne, une forme de mal-être qui ronge de l'intérieur. Peut-être aussi une fierté semblable qui empêche d'avouer qu'on souffre en silence. Je crois savoir que Karen en voulait au chirurgien qui avait remodelé son corps et son visage. Elle n'était pas parvenue davantage à accepter sa nouvelle silhouette que son visage si différent ! De quoi devenir un assassin, pas une victime. Vous avez une piste pour cette enquête, Agnès ?

— Bien sûr, Monsieur le juge ! Seulement il est encore trop tôt pour vous en faire part ! Je reste perplexe face à des crimes aussi étrangers à toute pulsion, aussi ascétiques, si je puis me permettre cette expression. Le mobile n'est pas le sexe, pas davantage le gain, ni même un quelconque plaisir morbide. L'assassin répond à un désir de vengeance quasiment sacerdotal, comme si ses actes correspondaient à une démarche évidente dont l'aboutissement ne suscite aucune émotion visible. Il fallait qu'elles meurent, rien de plus ! Voilà ce que je peux dire après ces premières heures d'investigation.

— Je suppose que la piste Olivier Marchy a déjà du plomb dans l'aile… poursuit le magistrat avant de sourire. Pour ne rien vous cacher, à titre personnel, je n'y ai jamais cru, malgré son passé. N'hésitez pas à reprendre contact avec moi, dès que vous aurez du nouveau ou des interrogations à soumettre à un aficionado des méthodes modernes d'investigation, qui croit en votre talent ! J'ai vite compris que vos collègues voyaient votre venue d'un mauvais œil. Mes journées sont chargées, mes soirées plus calmes, en général. Il me serait agréable de vous inviter à dîner, en tout bien tout honneur, cela va de soi ! Par pitié, ne me laissez pas trop languir…

— Au risque de vous décevoir, Monsieur le juge, je ne suis pas un oiseau de nuit ! coupe la policière en se levant. J'ai une enquête à mener, elle accapare toutes mes pensées, quasiment vingt-quatre heures sur vingt-quatre. Je tiens entre mes doigts et déroule un fil bien ténu que je ne peux me permettre de lâcher, au risque de le perdre. Tout événement dérivé cause une rupture désastreuse dans le déroulement de mon ouvrage mental. Après la conclusion de l'affaire, peut-être… Je vous souhaite une excellente fin d'après-midi, Monsieur le juge !

*

Il est 21 heures, au Trident, un club branché du quai de la Fosse où se fréquentent différentes faunes de la région nantaise. Un même lieu, trois options : une salle mixte, une pour les filles, une troisième pour les garçons. Clémence Abidal adorait cet endroit, Karen Dulac y chantait parfois, Agnès a décidé d'y passer la soirée. Elle a un peu menti au juge, elle ne dédaigne pas s'encanailler en des lieux interlopes dans lesquels les individus quittent leurs habits du quotidien pour devenir des ombres anonymes. La carte barrée d'un bandeau tricolore qu'elle tend devant le nez des videurs ouvre les portes de toutes les boîtes de nuit du pays, celle-ci incluse. L'un des rares avantages de la profession. Elle s'installe à une table, patiente quelques minutes et, s'annonçant discrètement au barman, elle demande à parler au patron. Un peu plus tard, un homme à la trentaine d'années bien tassée s'approche d'elle et la questionne sur la raison de sa visite. Il semble inquiet, presque aux abois, tournant sans cesse son regard à droite et à gauche. Elle évoque évasivement la mort de Clémence Abidal et Karen Dulac, sans trop entrer dans les détails ; curieusement, il paraît soulagé, ce qui ne l'empêche pas de sortir un mouchoir de la poche de son pantalon pour s'éponger le front. Il semble issu de la bourgeoisie locale de par sa politesse excessive et ses manières du grand monde, en total décalage avec les gens attablés qui se saoulent, ou ceux qui se trémoussent sur la piste de danse. Cette faune arrogante qu'Agnès a tant exécrée dans son adolescence, quand les barrières se sentaient encore tant entre les masses laborieuses, paysanne ou ouvrière, et les familles de nantis qui, pour beaucoup, avaient amassé les premières strates de leur magot grâce à l'abominable traite négrière.

Comme ces derniers, le propriétaire a la posture d'un personnage établi et la marque sous-jacente d'une conscience pas toujours apaisée. Seulement, pourquoi ce soulagement, quand son interlocutrice lui annonce qu'elle enquête sur deux meurtres ? Que craignait-il de pire que de se trouver mêlé à une affaire criminelle pour réintégrer aussi rapidement son costume taillé sur mesure de fils à papa ? Il propose à la policière de s'installer dans son bureau, ils y seront plus tranquilles pour dialoguer. Agnès se lève aussitôt, saisit son manteau au vol et le suit d'un pas preste. La pièce est proprette, comme toutes ces tanières qui ne servent jamais, hormis pour les occasions officielles. Il lui avance un siège, Agnès accroche son manteau à la patère et s'installe.

— Que désirez-vous boire, Commandant ? questionne le gérant en rapprochant un second fauteuil de la table basse. Pardonnez-moi, je ne me suis pas présenté : Arnaud Le Meur, humble tenancier de ce lieu de détente qui me crée autant de soucis qu'il me procure de plaisirs ! Aimez-vous le champagne ?

— Oui, seulement je ne bois pas d'alcool quand je suis en service ! Je prendrai un Orangina, si cela ne vous dérange pas. Et, s'il vous plaît, veuillez l'ouvrir devant moi, mon métier m'a appris à me montrer méfiante. Cela n'a rien de personnel, simple principe de précaution !

Le patron perd à nouveau de sa superbe. Il appelle un serveur et passe commande. Puis il s'installe en face de la policière et s'épanche immédiatement. La nouvelle de la mort de Clémence l'a affecté, celle du crime perpétré contre Karen le bouleverse jusqu'à la colère. Il adopte une mine de circonstance pour raconter :

— Karen était une fille adorable qui ne visait qu'un objectif : chanter et vivre de sa passion ! Jamais elle n'a revendiqué le statut de star qu'on lui a collé si vite dans le dos ! Elle était peu loquace sur son passé, je sais seulement qu'elle en a bavé avec son entourage professionnel. Elle pensait qu'en se débarrassant de quelques rides et en augmentant son tour de poitrine, elle allait donner un nouveau souffle à sa carrière. Il n'en a rien été. Pourtant, dès qu'elle se mettait à chanter un air connu, un frisson passait dans chaque spectateur et circulait dans la salle. Tenez, si vous voulez, je vous propose de visionner un extrait de l'un de ses derniers passages ici, que j'ai demandé de projeter ce soir par le système vidéo, en son hommage. Elle interprète *l'Hymne à l'Amour* de Piaf, je vous laisse écouter…

Effectivement, Karen Dulac possédait une de ces voix chaudes et envoûtantes qui chavirent au plus profond. Agnès se demande comment une fille dotée d'un tel talent a pu finir sa carrière dans des salles des fêtes de province et les manifestations commerciales des grandes surfaces de la région. Un beau gâchis, en vérité. Trois minutes trente plus tard, la policière a du mal à contenir son émotion ; Arnaud Le Meur secoue la tête de dépit.

— Quand on pense qu'elle a fini sa vie dans un terrain vague, cela me donne la nausée ! Si je tenais le salaud qui l'a tuée, je crois que je commettrais l'irréparable. Pour des types comme celui-là, la peine de mort mériterait d'être rétablie, tiens !

— Vous connaissez sa vie avant la gloire, sa jeunesse, sa famille, son milieu d'origine ? interroge Agnès en sirotant son Orangina.

— Milieu modeste, des parents maraîchers au Pallet, jeunesse studieuse, je crois même qu'elle a suivi des cours à l'université avant de tout plaquer pour sa carrière artistique. Il faudrait retrouver ses relations d'alors, elles pourraient vous en dire davantage sur ses jeunes années…

— Vous avez raison, c'est une piste à explorer. Même si son itinéraire professionnel complique un peu ma tâche, je dois bien l'avouer.

— Vous pensez à une vengeance du milieu de la chanson ? J'ai du mal à l'imaginer.

— Je débute juste mes investigations, je n'ai pas encore fait la synthèse des premiers éléments recueillis ! coupe Agnès en se levant. Je vais rester un moment dans la salle. Je peux emporter ma bouteille et mon verre avec moi ? Lorsque je vous ai montré ma carte, monsieur Le Meur, j'ai lu l'angoisse sur votre visage ; j'espère que vous ne me cachez rien car, quand je cherche, je trouve, même ce qui ne me concerne pas ! Si quelques détails vous reviennent, n'hésitez pas à me joindre sur mon portable. Les deux victimes fréquentaient votre établissement, peut-être est-ce un hasard. Mais peut-être pas…

Au milieu de la piste de danse, sur le tempo saccadé d'un tube disco, les filles se déhanchent et se défoulent, dans un état quasi hystérique, certaines d'entre elles arborant des tenues qui sont parfois de véritables incitations au viol. « Dire que si j'avais eu une fille, elle aurait cet âge… », songe Agnès après avoir siroté une nouvelle gorgée de soda. Elle se dit que jamais elle ne l'aurait laissée quitter la maison avec une jupette au ras des fesses et un simple maillot léger qui ne cache même pas le nombril ! Avant de se résoudre à céder car, comme toutes les mères du pays, elle aurait capitulé sur un point ou un autre, pour avoir la paix ou maintenir le dialogue, histoire de ne pas passer pour une marâtre.

Les garçons sont plus calmes, matant les dégaines

de leurs partenaires avec des envies de slow langoureux et de collés-serrés suggestifs. En espérant davantage, si affinités. Ou même sans affinités puisque nous vivons à une époque à laquelle il n'est plus nécessaire d'éprouver de sentiments pour faire l'amour. C'est juste physique, comme une heure de jogging ou une séance de stretching. Nul doute que des drogues circulent en ce lieu, responsables de bien des états seconds et de comportements à la limite du normal, comme de la gêne du patron, tout à l'heure. Confortablement installée sur sa chaise recouverte de velours rouge, tout en sirotant le contenu de son fond de verre, Agnès scrute les occupants de chaque table et s'amuse à deviner leur caractère, leurs travers, leurs désirs cachés, leurs fantasmes inassouvis. Elle a enlevé sa veste et déboutonné son chemisier pour respirer un peu mieux. Elle ne comprend pas comment des gens peuvent se sentir bien dans cette atmosphère étouffante, ce vacarme assourdissant et cette ambiance éthérée, presque subliminale.

Elle est perdue dans ses réflexions quand un grand échalas dégingandé au regard ravageur vient s'installer à sa table, un verre de punch à la main.

— Il devrait exister une loi pour interdire à une femme dotée d'un aussi sublime regard de se languir dans son coin de la salle, seule et désespérée, alors qu'elle pourrait rendre lumineuse la soirée d'un homme disponible ! lance-t-il avec le talent d'un professionnel de la drague.

— Et cet homme en quête d'illuminations, c'est sûrement vous ! ricane Agnès sans détourner ses yeux de la table qu'elle fixe depuis un moment. Je pensais le lieu interdit aux mineurs.

— J'ai 26 ans ! réplique l'autre, piqué au vif. Tu veux voir ma carte d'identité ? Tu es flic ?

— Je m'amuse rarement avec des gosses qui ont encore l'âge de passer pour ma progéniture ! réplique Agnès en fixant l'insolent. J'aime les mecs, les vrais, pas ceux qui promettent, seulement ceux qui tiennent ! Pas les ados attardés en recherche d'émotions fortes.

— C'est marrant, vous les quadras, vous dites toutes cela la première fois, comme si vous aviez acheté un même manuel de sexualité pour femmes mûres à France-Loisirs ! réplique le garçon en se prélassant sur sa chaise. Tu sais que tu es bandante ! Plus je t'examine, plus tu me plais. Laisse-moi deviner : ton mari est en voyage d'affaires et le domicile familial te semblait bien vide, alors tu as décidé de profiter de la vie ? Non, ce n'est pas cela, tu ne portes pas d'alliance, et surtout, pas de marque sur ton doigt qui prouverait que tu l'as enlevée avant de sortir. Alors tu es divorcée et tu hésites à te lancer dans une nouvelle expérience sérieuse ou simplement dans une aventure sans lendemain ? La crainte de l'inconnu, encore plus forte que le désir de l'interdit… Non, tu es trop sûre de toi pour flotter de la sorte, tu es une nana qui sait ce qu'elle veut. Dernière possibilité, mais je n'ose l'envisager, tu es l'une de ces matures dévergondées qui collectionnent les mecs comme les Vahinés enfilent les perles, et cherchent avec rapacité le mâle sur lequel elles vont jeter leur dévolu ?

— Faux sur toute la ligne ! Zéro pointé en psychologie féminine, mon grand ! Je suis une simple représentante de commerce, de passage à Nantes pour deux ou trois jours. Je passe ma soirée au mieux pour tuer le temps. Elle était agréable jusqu'à votre arrivée dans mon champ de vision. Je suis célibataire et compte le rester, je n'ai pas besoin de plan-cul pour la nuit et donc, je ne suis pas un gibier pour un dragueur de votre espèce !

— Pas de chance, je suis tombé sur une psychorigide ! soupire le garçon en passant une main alanguie dans sa chevelure rousse et touffue. Les préliminaires vont être plus longs que prévus, c'est plutôt bon signe : le plaisir, c'est comme l'iceberg : un tiers qui émerge, deux tiers qui se cachent encore.

— Vous aviez levé facilement Clémence Abidal ? interroge Agnès tout de go. Une proie facile pour un carnassier de votre acabit ! Ne me regardez pas avec ces yeux ahuris, j'ai écouté la radio dans la voiture et la fréquence locale ne parle que de ces deux filles de 44 ans qui sont mortes dans les circonstances identiques. Comme Karen Dulac venait chanter ici et que Clémence Abidal passait pour une fêtarde, je déduis que l'une et l'autre ont fait partie de vos conquêtes…

— Tu ne me croiras pas, mais j'ai passé plusieurs nuits avec Clémence. Elle possède une de ces baraques, vraiment démente ! Comme la nana d'ailleurs, une vraie bombe ! Quel dommage, la pauvre ! Pourquoi ce sont toujours les nanas sympas et pas compliquées qui disparaissent ? Et puis au pieu, quelle santé ! Elle était partante pour tous les plans tordus. Et insatiable. Le mec qui l'a envoyée une dernière fois au septième ciel, avant son départ pour l'enfer, a dû prendre son pied. Je ne devrais pas dire cela, c'est dégueulasse de ma part, elle était vachement sympa et ne se prenait pas au sérieux ! Ce n'est pas comme certaines…

— Et l'autre, la chanteuse ?

— Je crois qu'elle reste mon seul échec… se lamente le dragueur, la mine penaude. Ce n'est pas faute d'avoir essayé, je l'ai entreprise à trois reprises, seulement, j'ai compris que c'était une fille cassée par la vie, brisée par les hommes. Karen révélait une blessure affective que tout homme rêverait de soigner avec beaucoup d'amour. La dernière fois, je lui ai demandé à quoi cela lui servait de se refaire les seins, si elle interdisait à un mâle de les toucher. En fait, je n'ai jamais touché de faux seins, je voulais éprouver la différence tactile avec le velouté des vrais. À présent, c'est vous qui me regardez de travers. Il est des gens qui s'émerveillent devant une nature morte, d'autres se plaisent à toucher une poitrine qui se gonfle et se dégonfle au rythme des émotions et des palpitations du cœur. La poitrine, c'est le véritable miroir de l'âme d'une femme ! Et sa profondeur n'est pas une question de grosseur mais de palpitation. Tu parles en posant ta main sur un mamelon et tu deviens un stéthoscope qui reçoit les variations émotives de leur propriétaire, au fil de tes paroles, du timbre de ta voix, des gestes de ta seconde main... Je te surprends certainement, toi qui me prenais pour un puceau boutonneux.

— Je peux connaître votre prénom, si jamais je revenais ici demain soir, après ma tournée de vente à Saint-Nazaire ? Des fois que je change d'avis sur les vrais hommes...

— Alexandre, Alexandre Lantier ! annonce avec fierté le jeune garçon, convaincu qu'il vient de marquer des points aussi déterminants que ceux d'un lancer franc à la dernière seconde d'un match de basket. Mais ici, tout le monde m'appelle Al, comme Capone. N'en déduis pas que je suis un gangster ! Je peux te faire la bise ?

— Si vous voulez vous prendre une gifle en public, oui ! Si vous ne voulez pas subir pareille humiliation, abstenez-vous ! Oh, une dernière question, pour ma gouverne personnelle : si jamais, par mégarde ou par méprise, je succombais à vos avances, je porterais le numéro combien dans votre tableau de chasse des femmes matures, comme vous les nommez si bien ?

— Euh, sept ou huit ! balbutie le garçon, embarrassé. Je ne suis pas un surhomme, non plus ! Et puis mes critères sont très sélectifs ! Ma partenaire doit avoir une poitrine conséquente, elle doit être disponible, car je ne veux pas de soucis avec le mari, elle doit me résister la première fois, car je ne veux pas de vieilles allumeuses déjantées. Sinon, j'en aurais des dizaines à mon palmarès ! Alors, à demain, comment, je ne sais pas ton prénom, moi non plus…

— Gladys ! répond Agnès en se levant pour quitter le club, satisfaite des informations qu'elle a glanées.

— Au fait, Gladys, que vends-tu dans ton business ?

— De la lingerie sexy ! répond la jeune femme sans se retourner. Mais je n'en porte jamais, ce n'est pas mon style.

Elle a retenu un hôtel sur l'île Beaulieu et, après avoir réglé le taxi qui l'a reconduite vers sa chambre, elle achève sa soirée par une marche le long de la Loire, pour remâcher les éléments rassemblés durant la journée et mieux les digérer durant la nuit. Une vieille habitude confortée par les résultats de son stage aux États-Unis.

Sur les réflexions du soir s'élabore un long décryptage durant la nuit et, le matin venu, le plan de synthèse est parfaitement clair, assurait son chef de stage.

Elle vérifiera bientôt si la théorie fonctionne de ce côté de l'Atlantique. Enfin, pas trop longtemps car le crachin vient de se remettre à tomber. « Il pleut sur

Nantes », chantait Barbara, en pleurant son père décédé quelques heures plus tôt, celui-là même à qui certains prétendent qu'elle vouait les paroles accablantes de *L'Aigle Noir*, signée dix années plus tard. Décidément, le ciel de cette ville rend bien des cœurs chagrins !

II

Mardi, 9 heures du matin. Comme beaucoup de médecins légistes, Jean-Paul Faure est bien un type particulier qui mérite son surnom de croque-mort en raison de son humour à froid qui décape les esprits coincés.

Comme Julien lui présente le nouveau commandant, le patron de l'IML ne trouve rien de mieux que de gloser :

— Lorsque je vous découvre devant moi, chère amie, après avoir disséqué les pulpeuses Clémence Abidal et Karen Dulac, je pense aussitôt : voilà une cliente potentielle pour moi, si le serial killer jette un regard attentif sur votre plastique généreuse ! Notre homme est à rechercher parmi les aficionados des modèles de Botero et nul doute que si le génie péruvien vous croisait dans la rue, il ne saurait résister à la sensualité de votre corps qu'il fixerait dans le bronze pour vous conférer une légitime immortalité ! N'en déplaise à votre humilité, la nature vous a créditée des formes nécessaires et suffisantes pour finir au palmarès d'un président de jury fasciné par les gros bonnets ! Je ne vous souhaite pas de finir comme ces deux filles et, si j'avais un vœu à formuler, je préférerais admirer vos formes de votre vivant.

— Décidément, les jeunes hommes de cette ville sont tous des pervers ! soupire Agnès en posant son sac et en ôtant sa veste. Hier soir, j'ai été alpaguée par un grand escogriffe dégingandé, de votre acabit, qui prétendait que toutes les femmes de quarante ans étaient des salopes qui exhibaient leur poitrine pour attirer les dragueurs autour de leur personne. Le pire, c'est que le petit boutonneux d'hier, comme vous à présent, pensait incarner la huitième merveille du monde, celle devant laquelle toutes les femelles devraient se prosterner avec vénération ! Car si vous preniez conscience de votre réel pouvoir de séduction, vous marcheriez la queue entre les jambes et les mains pardevant pour cacher ce que je ne désire pas minimiser davantage. Bon, ceci étant mis au point, une bonne fois pour toutes, passons au travail, si vous le voulez bien !

Au fil du réquisitoire d'Agnès, Jean-Paul Faure est devenu aussi blanc que sa blouse. Il se gratte à présent une barbe châtain clair de deux jours en tentant de reprendre un peu d'assurance pour présenter son rapport d'autopsie. Déjà, en le saisissant, il laisse tomber la moitié des feuilles sur le carrelage, révélant sa fébrilité. Ensuite, il entreprend avec difficulté sa lecture en bafouillant. Dès lors, son visage passe du blanc au rouge, d'autant que la policière enfonce le clou en certifiant ne pas avoir de temps à perdre avec un tel plaisantin.

— Le meurtrier portait des gants de chirurgien, finit-il par déclarer, ce qui explique pourquoi on ne trouve aucune empreinte. Par contre, un bout de latex est resté bloqué dans la boucle d'oreille de Karen Duval et s'il nous est possible de recouvrer une infime trace d'ADN provenant du doigt, cela nous permettra de remonter à l'assassin…

— Selon mes modestes compétences, ce bout de latex me semble trop petit pour permettre de séquencer un ADN, objecte Agnès en se penchant sur le morceau suspect. Et l'autopsie ?

— Elle avait mangé un simple coupe-faim avant d'entrer sur scène. Elle n'avait rien d'autre dans le ventre, hormis le contenu d'une bouteille de cognac bas de gamme, ingurgité bien après. Elle a sans doute refusé d'ouvrir la bouche avant de devoir absorber l'alcool, car une lèvre est abîmée et une canine a perdu un éclat d'émail. Aucune empreinte sur le sparadrap, pas davantage sur le sac plastique, nous avons affaire, comme de plus en plus, à un adepte des séries télévisées qui ruinent nos efforts. À tout hasard, je recherche la marque du sparadrap car aucun lieu de vente à Nantes ne propose ce modèle. Et je confirme mes premières conclusions : elle n'a pas été violée ou brutalisée, pas de trace de relations sexuelles, pas plus de coups, aucune palpation mammaire ou autre indice permettant de privilégier la thèse de l'acte d'un sadique. Ce type est très fort et semble se jouer de nous. Si nous trouvions un vêtement porté ce soir-là par la victime, un objet sur elle, nous pourrions espérer trouver une trace de son agresseur. Hélas, nous avons en face de nous quelqu'un qui gomme ses actes avec une totale maîtrise de ses émotions et de ses nerfs.

— Donc, on peut vous éliminer de la liste, Docteur ! intervient Agnès sur un ton glacial. C'est pour nous révéler votre impuissance, je veux dire sur le plan professionnel, que vous nous avez convoqués ? Votre rapport ou RAS, c'est un peu la même chose, non ? Au fait, pour votre gouverne, Botero n'est pas péruvien mais colombien.

— La science possède ses limites, l'homme également ! se reprend le praticien, satisfait de s'en tirer à si bon compte. Ne dit-on pas que la plus belle femme au monde…

Il s'arrête net en découvrant que ses interlocuteurs sont déjà partis vers d'autres pistes de leur enquête. Il recouvre le corps de Karen Dulac de son drap blanc et retourne vers un autre client, en se promettant que, la prochaine fois, il ne se laissera pas exploser par ce “commandant Pète-sec” et ses obus d'enfer !

De retour au commissariat, Agnès et Julien trouvent Annabelle et Hicham plantés devant un poste de télévision diffusant la bande vidéo du tour de chant de Karen Dulac à Saint-Herblain, le soir de sa mort. Ils espèrent trouver une piste en scrutant les personnes qui gravitent autour d'elle dans les coulisses ou dans les rangs du public. Un spectateur inattentif, un visage connu, un geste évocateur.

Le récital va s'achever et toujours rien de probant ; encore une heure de perdue ! Voyant ses collègues repartir, Annabelle se lève d'un bond pour les rattraper.

— J'ai épluché la vie des deux victimes et j'ai découvert un point commun, annonce-t-elle. C'est certainement une idée stupide, seulement je voulais vous la soumettre, pour justifier mon salaire ! Clémence et Karen ont fréquenté la même fac de droit dans leur jeunesse. Peu de temps, certes, mais même lointain, cela fait un lien avéré. J'ai réclamé un complément d'information aux services administratifs.

— Je ne vois pas où cela peut nous mener, mais il ne faut négliger aucune piste ! ponctue Agnès en consultant le papier. Cela doit représenter des centaines d'étudiants à retrouver pour établir une relation entre cette page de leur passé et la mort de ces deux femmes ! C'est bien, Lieutenant Martinet, nul ne connaît le détail qui nous permettra de certifier que nous sommes sur la bonne voie ! Le lieutenant Fontaine va rester près de vous, il va fouiller dans l'entourage des deux victimes pour tenter de trouver des amis communs ou des ennemis. Pour ma part, je vais me rendre à l'appartement de Karen Dulac. En début d'après-midi, je dois faire le point avec le juge Raspail, j'ignore pourquoi, il m'a demandé de le rejoindre à 15 heures sur le lieu où a été retrouvé le corps de Karen Dulac. Je verrai bien…

— Faites gaffe, Agnès, s'il était le tueur de quadras, vous seriez dans sa ligne de mire ! se surprend à lancer Annabelle, en éclatant de rire.

— Je n'ai pas étudié le droit à la fac de Nantes, Lieutenant Martinet ! réfute Agnès avec promptitude. Quand ces filles se morfondaient dans les amphithéâtres, je fréquentais encore le lycée de Guérande, vous pouvez vérifier ! Ou votre thèse est inexacte ou je ne risque rien avec le juge Raspail. Je vous quitte, je prends du retard. Lieutenant Fontaine, vous possédez mon numéro de portable, au cas où…

*

15 heures, en bord de Loire. Le juge Raspail est déjà là, près de sa superbe BMW, quand Agnès arrive avec quelques minutes de retard, après avoir inspecté, sans y apprendre la moindre information nouvelle, le petit appartement de la victime. Elle s'excuse pour ce nouveau manque de ponctualité, prétextant les difficultés à trouver un taxi disponible, avant de proposer au magistrat de la suivre. Il n'en demandait pas tant. Sur le chemin, elle lui demande pourquoi il a désiré venir dialoguer sur les lieux du meurtre. Il ne tourne pas autour du pot :

— Agnès, dès la première fois où je vous ai entendue parler de votre métier à la télévision, je suis tombé amoureux de vous ! plaide-t-il, la main sur le cœur. Vous êtes célibataire, moi aussi ! Rassemblons nos solitudes en une complicité chaleureuse qui n'altérera en rien l'efficacité de notre travail d'équipe ! Je sais, vous allez me rétorquer que vous désirez laisser vos sentiments de côté tant que votre tâche vous accapare. Ce qui se résume à dire que vous refusez de nouer des amitiés avec des policiers, des magistrats, des avocats, des journalistes, des hommes politiques, sans doute… Méfiez-vous aussi des financiers et des chefs d'entreprise ! Et surtout, craignez plus encore les petits gigolos comme celui qui vous a accostée hier soir au Trident.

— Vous m'espionnez, à présent ? De mieux en mieux ! Si j'avais su que votre rendez-vous ne se justifiait pas professionnellement, Monsieur le juge, je n'aurais pas perdu mon temps à venir vous rejoindre, alors que j'ai tant de pistes essentielles à explorer ! lance Agnès en regagnant son véhicule, avant qu'Édouard ne la saisisse par l'épaule :

— Votre réaction est parfaitement stupide ! s'exclame-t-il sans retirer sa main. Nous pouvons entretenir des rapports courtois sans mettre à mal nos relations professionnelles ! Nous sommes entre personnes adultes.

— Retirez immédiatement votre bras de mon épaule, Monsieur le juge ! ordonne la policière en foudroyant son interlocuteur du regard.

— J'ai connu une jeune femme qui réagissait comme vous ! avance le magistrat sans quitter Agnès du regard. J'ai su plus tard qu'un soir, en rentrant chez elle, elle avait été coincée par quatre énergumènes qui l'avaient violée ! Jamais elle n'en avait parlé à personne, pourtant, elle était juge, comme moi ! J'ai compris son drame en percevant avec quelle véhémence elle réclamait le maximum pour les hommes coupables d'outrages sur des jeunes femmes. D'ailleurs, elle avait fini par se spécialiser dans ces dossiers et chaque prévenu qui passait devant elle représentait, à ses yeux, l'un de ses violeurs et prenait forcément la peine maximale. Vous pouvez me parler, Agnès, je suis votre ami…

— Pensez de moi ce que vous voulez, je n'ai rien à vous dire, rien à construire avec vous ! réplique la policière en reprenant sa marche vers le plus proche arrêt de bus. Pour me confesser, si nécessaire, j'ai les psys, les curés ou mon journal intime. Je reprends contact avec vous dès que j'ai du nouveau dans l'affaire. Et si l'idée me prend de m'envoyer en l'air avec un petit gigolo, rien ne m'en empêchera, ni personne, surtout pas vous ! Bonne fin de journée, Monsieur le juge !

*

En rentrant au commissariat, Agnès trouve Annabelle toute seule derrière son bureau. Comme elle s'étonne de l'absence du lieutenant Fontaine, sa collègue explique qu'une idée lui a traversé l'esprit, qu'il a voulu vérifier aussitôt ; cela lui arrive de temps à autre, depuis qu'elle a débarqué à Nantes. De son côté, Hicham a été appelé par l'un de ses indics qui avait un tuyau au sujet de la mort de Karen. Il est parti récupérer l'info, cela fait bientôt une heure, il n'est toujours pas revenu. Rien d'étonnant, quand l'aller-retour ne se justifie pas, il rejoint directement sa femme et son fils à leur appartement, plutôt que de revenir au commissariat pour rentrer quelques minutes plus tard.

Malgré une étude approfondie des dossiers, Annabelle n'a pas trouvé grand-chose de probant. Elle a fouillé la piste de la fac de droit et se trouve devant un travail de fourmi, contrainte de reprendre, un par un, les dossiers des différents étudiants. Elle a du mal à voir dans l'un de ces brillants universitaires qui, pour beaucoup, ont accompli par la suite une carrière exemplaire, un criminel en puissance. Pour se changer les idées, elle cherche aussi des noms communs sur les carnets d'adresses des deux victimes : elle en a trouvé trois : Brigitte Beauvais, une psychanalyste très réputée dans la région ; Grace Miller, une juriste travaillant à présent dans une entreprise nantaise de travaux publics, et Florence Malet, dont la policière n'a pas retrouvé la piste. Autre détail, Grace et Florence ont fréquenté, elles aussi, la fac de droit de Nantes, ce qui fait beaucoup de coïncidences.

*

19 heures. Le temps de prendre une bonne douche, Agnès se change pour se rendre au Trident. Elle voudrait en savoir un peu plus sur Alexandre Lantier et s'apprête à enfiler sa tenue la plus sexy pour aller le rejoindre, une fois avalé une salade composée dans une brasserie du centre-ville. Elle hésite entre deux options : la robe imprimée, légère et décolletée, qui révèle ses formes girondes, avec le risque de passer pour une allumeuse, ce qu'elle n'est surtout pas, ou le chemisier moulant et la jupe courte, même si elle déteste exhiber des jambes trop musclées à son goût. À moins de jumeler le corsage moulant à une longue jupe floue se boutonnant devant, à la hauteur désirée… « Oui, c'est la meilleure solution », pense-t-elle au final.

Elle s'habille, finit de s'apprêter, saisit un petit sac plus élégant, y transvase ses affaires essentielles, se regarde une dernière fois dans la glace en pied de la chambre, puis ouvre la porte pour sortir quand elle tombe nez à nez avec une silhouette appuyée sur le mur du couloir.

— Vous ici ? s'exclama-t-elle en sursautant. Comment saviez-vous que je logeais dans cet hôtel ? Vous m'avez suivie hier soir, n'est-ce pas ? Décidément, c'est une manie dans la région !

— Je désirais découvrir ta collection de sous-vêtements, ma chère Gladys, et comme je me doutais que tu ne l'emmènerais pas avec toi au Trident, j'ai pensé plus discret de venir l'admirer directement dans ta chambre ! explique Alexandre Lantier en s'introduisant de force dans la pièce.

— Vous sortez immédiatement de là, sinon j'appelle la sécurité ! hurle Agnès, postée près de la porte, en fusillant d'un regard glacial le jeune freluquet déjà assis sur le lit.

— C'est certain, facile d'utiliser la force, quand on est commandant de police ! assène le gigolo en se levant lentement pour se diriger vers la sortie. Vrais seins mais faux-cul, le profileur ! Tu as honte de ton job au point de te faire passer pour une représentante en petites culottes ou bien tu n'assumes pas ta vie personnelle ?

Il saisit la porte des mains d'Agnès et la referme avant de donner un tour de clé. La policière sait pertinemment que tout esclandre est inutile. À cette heure de fin d'après-midi, les autres chambres de l'étage ne sont pas encore occupées et personne ne l'entendra au rez-de-chaussée. Sans parler de l'isolation parfaite de l'établissement, l'un de ses points forts. Comme toujours, hors des heures de service, elle a caché son arme dans le coffre-fort de la chambre. Elle est prise au piège face à ce garçon insolent qui la défie du regard, totalement imperméable au fait d'affronter un officier supérieur de police.

— On fait quoi, maintenant, la superfliquette ? Selon ta théorie, je suis censé te demander de te foutre à poil… Ensuite, je te force à avaler le contenu d'une fiole de cognac, je t'allonge sur le pieu, je sors le rouleau de sparadrap et je te regarde sans te toucher ? Même pas tes nibards qui ne demandent qu'à se carapater de cette liquette qui les étouffe ? Même pas caresser la touffe rousse que j'imagine sous cette jupe de bohémienne ?

— À présent, cela suffit, monsieur Lantier ! se ressaisit Agnès en se soustrayant à son emprise. Je sais parfaitement que vous ne correspondez pas au profil du tueur en série que je recherche. Vous allez sortir gentiment de cette chambre et me laisser tranquille, sinon cela va mal se terminer pour vous !

— Des menaces à présent ? se gausse l'insolent. Vous m'invitez dans votre chambre en pleine journée et vous osez imaginer que, si je vous sautais dessus, vous pourriez ensuite porter plainte ? Parce que ce serait la parole d'une femme-flic contre celle d'un dragueur ? Trop facile ! Il se trouvera une dizaine de potes pour venir témoigner que tu m'as allumé hier soir, autant pour certifier que tu m'as invité à venir te rejoindre à ton hôtel en me proposant d'admirer ta gamme de lingerie sexy ! Et toi, qui as-tu comme témoins ? Personne, c'est dommage !

— Vous aimez jouer avec les femmes, vous êtes un malade, Lantier ! Redonnez-moi la clé de la porte ou je vous promets que cette histoire finira mal !

— Je n'en ai pas encore fini avec toi, Agnès ! poursuit le jeune homme hilare en faisant tourner la clé devant son visage. En fait, je suis ici pour te mettre en garde, rien de plus ! Tu débarques à Nantes, tu donnes un coup de pied dans toutes les fourmilières que tu trouves sur ton passage, sans chercher à savoir au préalable si elles ont un lien avec ton affaire. Des gens intouchables voient d'un mauvais œil ta manie de fouiner autour du Trident… Clémence Abidal et Karen Dulac fréquentaient ce lieu comme bien d'autres, point barre. Seulement, tu vas devoir chercher ton coupable ailleurs car les responsables de ce club n'ont rien à voir avec ce double meurtre ! S'il te venait, malgré mes bons conseils, l'envie de pointer à nouveau ton petit nez mutin en ce lieu, ce serait à tes risques et périls ! Ce n'est pas une menace, juste un conseil d'ami. Il s'agirait de ta part d'une provocation qui ne resterait pas sans réponse !

— Si, c'est une menace ! réplique Agnès, proche de l'exaspération. Je ne connais pas de gens au-dessus des lois, pas plus que d'individus intouchables ! Je mènerai mon enquête comme bon me semble et si je juge opportun de pointer à nouveau mon nez au Trident, personne ne m'en empêchera !

— Au moins, tu auras été prévenue ! lâche Alexandre Lantier en haussant les épaules, avant de lancer la clé sur le lit. Demande à tes collègues de te parler du capitaine Minetti de la brigade des mœurs… Cela t'affranchira sur le sort que la ville réserve aux flics qui se prennent pour des justiciers. Tu restes à partir de cet instant dans les clous, il ne t'arrivera rien de méchant, tu boucleras ton enquête avec brio, j'en suis convaincu, et tu repartiras vers une autre mission, couverte de lauriers. Tu sors de la piste, une cascade de bricoles ruinera ton petit confort quotidien, du genre qui plombe définitivement une carrière, pour me montrer plus précis… À bon entendeur…

Alexandre Lantier foudroie longuement la policière du regard avant de se retourner pour quitter la chambre. Agnès se demande si elle a rêvé ou si cet échange surréaliste s'est bien déroulé. Elle, commandant de police, vient de subir des intimidations et des menaces de mort de la part d'un freluquet de 26 balais qu'elle pourrait faire boucler dans la soirée pour voie de faits sur la personne d'un officier de police ! Il se croit vraiment intouchable, aussi se promet-elle d'en glisser un mot au commissaire Jourdan, dès le lendemain matin. Que se passe-t-il de si louche au Trident pour que les caïds soient en émoi après sa simple irruption dans le club ? Trafic de drogue, prostitution, soirées glauques ? Un cocktail de tout cela ? Le patron a-t-il pris son interrogatoire à propos des victimes comme un simple prétexte de flic, cachant d'autres investigations plus embarrassantes pour ses intérêts ?

Mise en éveil par les menaces, Agnès ne veut pas sortir seule ; elle ne désire pas non plus s'enfermer dans sa chambre pour cogiter, cela ne lui vaut jamais rien de bon ! Elle connaît trop peu de gens sur Nantes pour trouver le bon compère. Julien Fontaine est trop jeune, Annabelle Martinet trop déjantée, Hicham El-Saïd trop remonté, le commissaire Jourdan trop occupé. Reste le juge Raspail qui possède l'unique inconvénient d'être trop amoureux ! Mais possède tellement d'avantages par ailleurs… Elle l'appelle, s'excuse rapidement pour son comportement de la journée. Il n'en croit pas ses oreilles ! Il l'invite pour le dîner et la soirée ; elle accepte. Il propose de venir la chercher à son hôtel ; elle n'attendait que cela ! Il promet d'arriver au plus vite ; elle suggère de l'attendre au bar, près de la réception. Il trouve l'idée parfaite et se prétend déjà en chemin pour la rejoindre.

*

C'est à Champtoceaux, sur la rive gauche de la Loire en direction d'Angers, qu'Édouard Raspail a retenu une table dans une auberge spécialisée dans la préparation des civelles, ces jeunes anguilles prisées dans la région. Dès son arrivée au bar de l'hôtel où il l'a trouvée en tête-à-tête avec un Martini-gin, il a compris que la policière avait un souci de fond et désirait en parler. Pourtant, elle s'en est bien gardée lors du premier contact, comme à présent, à bord de la BMW. Vingt minutes d'autoroute Océane permettent à Agnès de scruter son chauffeur du coin de l'œil. Concentré sur sa conduite, il ne remarque pas comme elle détaille son visage encore poupon pour un quadra, avec son abondante chevelure un peu ébouriffée de nostalgique d'un Mai 68 qu'il n'a pas connu et sa barbe de deux jours, censée lui conférer davantage de maturité et d'autorité. Chemise à col dégrafé et manches non boutonnées, blazer bleu marine de grande marque, montre Omega au poignet, il a tout du garçon qui a réussi professionnellement, ce qui ne masque pas son manque cruel d'une compagne de route. Elle lui dirait bien qu'un peu de fantaisie dans son personnage et sa tenue le rendrait plus sexy, plus séduisant, encore plus irrésistible ; elle n'ose pas ! Elle est ainsi, aucune femme n'est parfaite.

Il stationne son bolide sur le parking de l'établissement, lui demande si elle connaît les civelles, pour se faire répondre par la policière qu'elle est née dans la région, et pas de la dernière pluie ! Lorsque la pêche était ouverte, son père accompagnait quelques amis, son tamis sous le bras, pour une nuit fructueuse qui précédait des repas de fête. Un souvenir qui ne s'effacera jamais de sa mémoire. Cette image inoubliable figure même dans l'album des plus beaux souvenirs de son enfance.

Ils sont installés à table. L'ambiance est détendue, même si les premières paroles concernent le temps, la région, la Loire. Une première gorgée de muscadet et Agnès se lance dans le récit de son avant-repas mouvementé, omettant seulement de mentionner l'identité du jeune freluquet, comme les menaces plus précises qu'il a proférées avant de s'échapper.

— Il se nomme Alexandre Lantier, poursuit la policière à voix basse. Je me demande ce qu'il peut faire dans la vie pour avoir autant de temps libre… Il a 26 ans, à ce qu'il m'a dit, il est grand et mince, l'air hautain, suffisant. Son truc, c'est de draguer des femmes d'une quarantaine d'années aux formes avantageuses. Voilà comment il a croisé Clémence Abidal et Karen Dulac, mais ce n'est pas notre homme. Il est trop excité devant un corps mûr pour rester contemplatif.

— Alexandre est le fils de Maxime Lantier, le plus grand promoteur immobilier de la région. Arnaud Le Meur, le patron du Trident, est le dernier rejeton de Corentin Le Meur, PDG d'une puissante société de BTP du Val de Loire. Tous deux sont liés par une solide amitié d'enfance et bien des opérations financières douteuses ! Il se dit que le Trident serait victime d'un racket de la part du milieu nantais. Je pense qu'il s'agit d'une rumeur répandue à dessein par le gérant et son entourage pour masquer des trafics divers. Car on parle aussi de mouvements de drogue ou encore de présence, dans les coulisses de la boîte, d'hôtesses qui passent leur nuit dans un lit qui ne serait pas le leur... Des plaintes ont été déposées, rien n'a jamais été prouvé. L'un de vos collègues qui travaillait aux mœurs avait approché la vérité de trop près, sans doute... Une nuit que le pont de Cheviré était fermé à la circulation pour des travaux effectués en urgence par la société Le Meur, ce flic a sauté dans la Loire de là-haut, pour se suicider. On a repêché son corps vers Saint-Nazaire, les poignets portaient des traces de ligotage. Il s'était attaché les mains avant le grand saut, des fois que la tentation l'aurait démangé de s'agripper au mât d'un bateau en cours de descente, sans doute… Je plaisante, tellement le fait est absurde ! Sans doute pour ne pas pleurer de dépit ou de colère… Pourtant, personne n'a osé évoquer la thèse du meurtre !

— Le capitaine Minetti, certainement ? Le jeune Lantier m'en a parlé, appuie Agnès, perplexe face au récit du juge. Une mort abominable pour un policier ! Pour toute personne, d'ailleurs ! Mon visiteur m'a promis une fin similaire si je me montrais trop curieuse. Et la justice est aussi impuissante que la police devant l'évidence d'un tel contrat ?

— Les liens sont impossibles à établir ! soupire le juge. Vos collègues vous diront qu'on se trouve face à des groupes d'individus qui ne semblent pas posséder de liens les uns avec les autres et dont les connexions font pourtant la force de leur système ! Car chaque individu est, à un moment, l'alibi d'un autre. Alexandre Lantier est un étudiant en médecine qui ne possédera jamais les diplômes pour exercer, ce qui ne l'empêche pas de fréquenter des individus suspectés de fabriquer de l'ecstasy dans la région. On a aussi des bikers qui utilisent les chaussées construites par la société Le Meur et non encore inaugurées pour faire vrombir les moteurs de leurs bécanes. Leur chef est l'autre fils du patron, il se croit un caïd, il se pense au-dessus des lois. Il arriverait aussi à ces petits loulous de servir de livreurs pour des paquets spéciaux, selon une rumeur qui n'a jamais été corroborée par des preuves ou un bon flagrant délit. Alors, ils en profitent, les bougres…

— Quel est le lien entre ces gens louches et la mort de Clémence Abidal et Karen Dulac ? interroge Agnès, abasourdie par le constat accablant du juge.

— Sans doute n'en existe-t-il aucun… réplique Édouard. Surtout si le légiste n'a trouvé aucune trace de drogue chez l'une ou l'autre. En interrogeant le patron du Trident, vous avez agacé des personnes placées dans les hautes sphères, qui ont appris votre initiative par le bouche à oreille ! Elles ont imaginé que vous les aviez dans le collimateur et elles ont réagi aussitôt pour éteindre l'incendie avant qu'il ne se propage. Que penser d'autre ?

— Vous allez me faire passer une bien mauvaise nuit, chargée de cauchemars, Monsieur le juge ! se lamente Agnès en enfilant à nouveau sa veste.

— Vous savez très bien qu'il ne tient qu'à vous que le contenu de nos prochaines heures prenne une autre tournure… répond Édouard à voix basse. Je prends votre appel téléphonique comme une avancée favorable ! Je vous offre un dernier verre chez moi, avant de vous raccompagner à votre hôtel ?

— Pourquoi pas…

*

Quelque part entre Indre et Couëron, sur un quai de Loire en pleine réhabilitation, une vingtaine de bikers se sont donné rendez-vous sur un tronçon de voie récemment bitumé, pour des courses sur un kilomètre, départ arrêté. Ici, seules les cylindrées égales ou supérieures à 750 cm^3 sont acceptées. Le plus souvent, les motos ont été trafiquées pour devenir plus performantes. Caparaçonnés dans leur tenue de cuir, des pieds au cou, le visage caché sous un casque intégral que seuls les copains du club identifient, ils prennent plaisir à faire vrombir leurs chevaux d'un coup de poignet. Quelques heures plus tôt, l'un d'entre eux était un fonctionnaire timide, le second un commerçant sans histoire, le troisième un ouvrier dont la paie est au service exclusif de sa bécane. La plus belle moto est celle de Quentin Le Meur, le fils de l'empereur du BTP. À ses côtés, les deux filles du groupe : Dyna, sa copine, et Nabi, une policière pas encore totalement acceptée dans le club, malgré son talent sportif évident.

Les deux nanas, que peu de chose identifie comme telles dans leur tenue, sont d'ailleurs les premières à se présenter sur la ligne de départ. Une main se lève, les moteurs rugissent, les machines se cabrent et les roues laissent de la gomme sur le bitume vierge. Moins d'une minute plus tard, Nabi a gagné une fois de plus le duel et le droit de se mesurer un peu plus tard aux garçons.

Pour Dyna, la soirée se passera encore sur le bord de la chaussée, une canette de bière à la main, à suivre les exploits de ses copains. Seul Quentin Le Meur ne participe pas aux éliminatoires ; son statut de chef l'impose et la puissance de sa moto le rend quasiment invincible.

Lorsque Nabi se débarrasse de son casque, elle secoue la tête pour libérer des mèches collées à son visage par la sueur. En se regardant dans le rétro, elle se refait un semblant de visage humain et redevient un peu plus Annabelle Martinet. Elle défait la fermeture éclair de son blouson de sportive, sous lequel, pour les courses, elle porte un gilet en cuir, lui aussi. Elle descend de sa fusée pour la bichonner et reconnaît le bruit particulier de la Kawasaki de Quentin. Une 1200 débridée qui peut approcher les 300 kilomètres-heure ! Quentin n'est ni beau ni moche, ni intelligent ni idiot, il s'est instauré chef et n'est qu'un caïd de seconde zone qui reste aux ordres des vrais. Il félicite Nabi en la gratifiant de deux bises et lui tend une canette de bière avant de l'inviter à discuter à l'abri d'oreilles indiscrètes.

— Qu'a-t-elle dans la tête, ta patronne, pour oser se pointer au Trident et réclamer d'interroger mon frangin ? interroge-t-il de but en blanc.

— J'ai déjà exprimé ma position, Quentin : je quitte mes habits de flic quand je viens rejoindre la bande ! Alors tu me lâches avec tes questions de boulot ! Je suis ici pour passer du bon temps et…

— Pas de ce jeu-là avec moi, Poupée ! coupe le petit caïd en cherchant à jouer les durs. Ta patronne, elle commence à taper sur les nerfs de certaines personnes qui ne comprennent pas exactement les raisons pour lesquelles elle vient fouiner dans leurs affaires !

— Deux quadras sont mortes dans des circonstances identiques, tu n'es certainement pas passé à côté de cette info ? Donc, nous enquêtons puisque tel est notre job. La nouvelle patronne a suivi une formation de profileuse et débarque des States, bardée de diplômes. Elle se fiche complètement de petits trafics locaux dont moi-même je ne veux pas entendre parler ! Elle cherche le coupable et, si cela peut te rassurer, son sixième sens lui fait croire qu'il s'agit d'une femme. Ce n'est ni de sa faute ni de la mienne si Clémence Abidal et Karen Dulac ont fréquenté le Trident !

— Tu te débrouilles comme tu veux, Nabi, mais tu la calmes ! ordonne Quentin en empoignant avec virulence la chevelure d'Annabelle. Sinon, des gros bras s'occuperont d'elle… Fais gaffe aussi à toi, si tu continues à prendre mes recommandations à la légère ! Dyna n'attend que cela, que je réagisse en boss en te mettant au pas ! Elle espère nous voir un soir te dérouiller, toi, la sale poulette qui l'enrhume à chaque course ! Prends mes conseils au sérieux, Poupée, je ne voudrais pas que ton joli corps finisse sous les roues de nos motos dans un rodéo, au milieu d'un terrain vague… Débrouille-toi comme tu veux, mais la fouineuse ne doit pas remettre les pieds au Trident !

— Tu diras à tes patrons qu'ils se taillent eux-mêmes les bâtons pour se faire battre, à trembler de la sorte ! réplique Annabelle en remontant sur sa moto, casque à la main, après s'être débarrassée d'un geste des doigts faussement autoritaires de Quentin. Je les trouve bien nerveux alors que nous enquêtons sur une affaire qui ne les concerne pas ! Car ils ne sont pour rien dans la mort de Clémence et Karen, n'est-ce pas ? Et un dernier conseil : à l'avenir, tu ne me menaces plus de la sorte, je ne fais pas que de la moto comme sport !

*

Dans l'arrière-salle d'un café glauque d'Orvault, cela fait plus d'une heure que Hicham El-Saïd dialogue avec l'un de ses indics pour tenter d'obtenir des informations sur les rumeurs de la ville. Seulement Mouss n'est pas bavard car, selon lui, les caïds ont les nerfs depuis deux ou trois jours. Et quand ils ont les nerfs, ils deviennent paranos. À chaque fois, ce sont les moutons qui trinquent et il n'a pas envie de finir égorgé dans sa baignoire alors que ce n'est pas encore l'Aïd.

Hicham comprend qu'il n'obtiendra rien. Pour la forme, il rappelle à Mouss qu'il est sous le coup d'une condamnation pour vol à l'arraché sur lequel le policier ferme les yeux tant que son cousin lui est utile. Menace vaine, son indic est terrorisé et l'arrivée de quatre colosses dans l'arrière-salle ne le rassure pas, bien au contraire ! Le chef de la bande demande à Mouss de suivre ses copains car il doit parler avec le policier, avant de s'asseoir sur la chaise encore chaude, flanqué de son bras droit, au garde-à-vous derrière lui. Il fixe longuement Hicham avant de lui lancer :

— Ce n'est pas bien de laisser sa femme et son fils à la maison pour passer ses soirées au café ! Surtout en mauvaise compagnie. Un petit truand, si tes supérieurs savaient cela ! La fouille-merde qui vient de débarquer de Paris, par exemple… Au fait, c'est quoi exactement son problème, à celle-là ? Si elle est mal baisée et a besoin d'être calmée, cela peut s'arranger très vite… Tu lui dis de venir nous voir ! Pourquoi venir menacer Arnaud Le Meur au Trident ? La mort des deux bourges, c'est bien le fait d'un serial killer, non ?

— Ce n'est pas de ma faute si toutes les deux avaient fréquenté le club peu avant leur mort ! s'emporte Hicham, agacé. Elle fait son job d'enquêtrice, rien de plus ! Si vos patrons ont l'épiderme sensible en ce moment, ce n'est pas de sa faute, encore moins de la mienne !

— Pas de ce genre d'ironie avec nous, le flic ! Tu es capitaine, nom d'un chien ! Et un mec ! Tu dois te faire respecter et exiger des explications de cette fouineuse ! Sinon, puisqu'elle veut fourrer son nez dans la merde, on va le lui enfoncer, et pas que le nez ! En ce qui te concerne, un conseil : n'abandonne plus ta famille ! Si ta poulette continue à chercher les poux dans la tête de mes patrons, je considérerai que tu t'es foutu de ma gueule ! Et je n'aime pas cela, qu'on ne me respecte pas ! Ton môme, il a dix balais, je crois, un beau petit frisé qui aime courir derrière un ballon. Ce serait dommage qu'il se fasse massacrer les guibolles à coups de batte de base-ball, pas vrai ? Tu es à l'amende, Poulet ! Pour l'instant, tu bénéficies du sursis ! Montre-moi que tu es intelligent et tout se passera bien. Sinon ton loupiot se retrouvera sur un fauteuil roulant et peut-être même bien que ta moukère ne pourra plus se regarder dans une glace…

Hicham El-Saïd ne répond pas. À quoi bon, seul en ce lieu hostile… Il pense à Mouss qu'il ne reverra sans doute pas, dont on va retrouver le cadavre dans un terrain vague… Il sait que s'il dénonce ces quatre gars, ils se feront arrêter, bien sûr ! Seulement, jamais ils ne balanceront leurs chefs et d'autres les remplaceront qui se feront un plaisir de mettre leurs menaces à exécution.

La loi du milieu à laquelle même les flics doivent se plier, faute de combattre à armes égales avec les truands, reste la règle dans certaines cités de la région. Hicham l'a compris amèrement le jour où, en alpaguant une petite frappe, il l'a molesté un peu violemment. L'autre a porté plainte, malgré son casier judiciaire rempli comme un annuaire, et le capitaine a gagné un blâme. Les malfaiteurs se servent du parapluie des lois de la République qui, par certains côtés, les protègent, comme les terroristes utilisent les valeurs fortes de la démocratie pour agir avec autant de facilité. Il pose un billet sur la table et se lève pour rejoindre les siens en se demandant ce qu'il peut gagner à donner autant de lui pour une mission quasiment perdue d'avance…

*

Dans le lit douillet d'un appartement cossu, Agnès se laisse submerger par les flots d'amour d'Édouard Raspail. Elle en avait envie, mais ne désirait pas céder à la première avance. C'est un principe chez elle : conserver le pouvoir de décision ! Il ne la déçoit pas ; parfait dans tous les domaines, doux dans ses gestes, assuré dans ses assauts fougueux. Elle le fait rire en lui susurrant qu'à présent, elle possède la certitude qu'il n'est pas le serial killer. En la basculant à nouveau, il s'engage à lui fournir illico une preuve supplémentaire pour dissiper ses dernières velléités de suspicion. Elle s'offre une fois de plus à lui sans résistance, le corps gonflé de désir. Oublié les ombres de l'enquête et les soucis de procédure… l'heure est au dialogue bouillant et animé entre la police et la justice !

— Je me demande comment une femme comme toi est encore célibataire à quarante balais ! soupire le juge, essoufflé. Un moment, je me suis même demandé si tu n'étais pas lesbienne ! Ton métier te bouffe tant la tête pour que tu sacrifies à ce point ta vie intime ?

— Je ne sacrifie rien à rien, j'aime ma liberté pardessus tout ! rétorque Agnès en se redressant. Pour moi, l'amour, c'est quand je veux, où je veux et avec qui je veux ! En fait, moi aussi, je me suis trompée sur ton compte : je voyais en toi un beau parleur qui n'assurait pas au pieu ! Erreur de ma part, dès que la lumière est éteinte, le fauve qui sommeille en toi se réveille ! Un dernier détail, quand je parle de liberté, cela signifie que seul importe le plaisir, le sexe du partenaire m'est totalement indifférent. On remet le couvert ou tu es épuisé ?

*

Lorsqu'elle arrête sa moto devant l'immeuble où Julien Fontaine a loué un appartement, Annabelle est surprise de trouver porte close. Il est pourtant bientôt minuit. Elle s'apprête à repartir, très déçue, quand une voiture s'arrête derrière elle. C'est lui justement. Il sort de l'habitacle et lui demande ce qu'elle fiche devant sa piaule. Elle s'étonne de le voir rentrer si tard et le questionne sur sa soirée. Il ne répond pas. Elle explique qu'elle vient de vivre un calvaire et qu'elle a peur de dormir seule chez elle. Il sourit, se détend et l'invite à monter jusqu'à son studio. Il attendait cet instant depuis si longtemps ! Il ouvre la porte de son antre, invite sa partenaire à entrer et lui propose une bière. Elle réclame un whisky et se sert toute seule, pendant qu'il se change. Il se verse un verre à son tour, s'assoit sur un pouf en face d'elle et lui demande de lui raconter ses soucis. Elle parle et s'apaise à la seconde. Elle fait la fanfaronne, mais elle craque pour Julien. Beau gosse, intelligent, fin, sensible, sûr de lui sans le montrer, sécurisant et délicat. Ah, s'il n'était pas flic ! Elle ne veut pas faire sa vie avec un collègue ; trop de soucis, trop de prises de tête, trop de risques de finir veuve avec des marmots en bas âge !

— Pourquoi fréquentes-tu ces loubards, Nabi ? Tu vaux mieux qu'eux, tu mérites mieux que ces mecs ! soupire-t-il en haussant les épaules. Un jour, à trop jouer avec le feu, les insectes finissent par se brûler ! Tu agis ainsi pour l'amour de la moto ou pour le plaisir de la provocation ? Je ne parle pas forcément de moi, il n'empêche, je suis certain qu'il existe sur Nantes des dizaines de gars plus recommandables que les énergumènes de cette bande suspecte pour t'apporter ce qui te manque.

— Je suis certaine que ces bouffons magouillent hors des soirées que nous passons ensemble ! réplique Annabelle en éclusant son verre d'une traite. Je ne sais pas si leurs trafics sont liés à notre affaire, par contre, je suis convaincue qu'ils travaillent pour des gros bonnets. Je peux m'en resservir un second ?

— À une seule condition, tu restes pioncer ici, tu n'es plus en état de circuler ! coupe Julien en se levant d'un bond. Tu as le choix entre un canapé déglingué ou la moitié d'un matelas de 1,80 ! En fait, puisque tu parles de gros bonnets, j'ai souvent fantasmé sur ton corps depuis mon arrivée dans le service, je voulais te le dire ! Mais tu le savais déjà, pas vrai ? Ce n'est pas très poétique, mais c'est sincère ! Alors, si tu dois te faire trucider par ces salauds dans les prochains jours, j'aimerais bien profiter de la marchandise auparavant, tant qu'elle est encore en bon état, histoire de vivre ensuite de remords et non de regrets…

— Oh, l'infâme macho ! Allez, d'accord pour le matelas de 1,80, mais je te préviens, je suis crevée.

*

Dans un pavillon d'un quartier résidentiel de Saint-Herblain, avant d'aller prendre une douche, Hicham El-Saïd ouvre la porte de la chambre de son fils pour constater qu'il dort à poings fermés. Il reste là un long moment en respirant à pleins poumons le souffle de vie qui l'emplit. À la faveur du rai de lumière filtrant à travers la porte entrebâillée, le policier admire son môme et mesure les dangers qu'il fait vivre à ses proches. S'il arrivait le plus petit malheur à Matteo, il ne se le pardonnerait jamais.

Un peu plus tard, sous le jet de la douche, censé le détendre, il repasse le film de sa soirée en pensant à son indic condamné à mort par son manque de prudence. Il est des soirs où son métier le dégoûte, partie de poker menteur dans laquelle l'un des joueurs a le droit de tricher et pas lui ! Il sait qu'il met sa femme et son fils en danger, en refusant de se soumettre au diktat des voyous. Seulement, en entrant dans la police, il connaissait les règles du jeu et s'il ne les acceptait pas, il pouvait se retirer. À présent, il est trop tard pour reculer.

Une fois sec, il enfile son caleçon de nuit et rejoint sa femme dans le lit. Il la serre contre lui, elle comprend qu'il a vécu une soirée difficile et s'inquiète de le voir rentrer si tard. Il ne lui dit rien, il ne lui a jamais rien dit ! Il s'excuse de la quitter un instant pour aller fumer une cigarette. Bien sûr, il a arrêté voilà quelques mois, seulement il en a besoin ce soir pour se calmer. Il s'installe dans le salon, elle vient le rejoindre, les yeux pleins de sommeil ; elle se blottit contre lui qui a reposé sa nuque sur le haut du divan. Ils restent ainsi un long moment sans se parler. Une dernière bouffée et Hicham écrase le mégot de sa clope dans le cendrier. Il propose à sa femme de retourner se coucher, promettant de la rejoindre très vite. Il doit prendre une nouvelle douche ; ce soir, il se sent sale de partout !

III

Mercredi, 8 heures. Lorsque les membres de l'équipe arrivent au commissariat, le planton leur annonce que le grand patron veut les voir. Agnès est la première, masquant ses yeux cernés par une nuit de canaille derrière des lunettes de soleil. Hicham se pointe ensuite, encore un peu plus nerveux et renfermé qu'à l'accoutumée, visage grave, mâchoire serrée. Enfin Annabelle et Julien arrivent les derniers, arborant un même sourire complice, si peu de circonstance. Le commissaire Jourdan leur demande de s'asseoir auprès de leurs collègues, ferme la porte de son bureau et entre dans le vif du sujet :

— Deux points à vous communiquer ! Le premier est local : la visite du commandant Delacour au Trident fait des remous, ce qui prouve que ce lieu sert de quartier général aux truands de la ville. Même si ce dossier n'est pas notre priorité, il va falloir s'en préoccuper car j'ai subi des pressions pour que l'enquête de la Parisienne, comme mon interlocuteur a défini Agnès, ne cause pas de vagues dévastatrices sur la ville. À l'entendre, je conclus qu'il considère le commandant Delacour, comme aussi dangereux qu'un tsunami !

— J'ai reçu des menaces directes de la part de Quentin Le Meur, précise Annabelle, désireuse de se libérer totalement d'un fardeau qui lui pèse encore. Ou je réussis à museler Agnès ou ses copains me mettent à l'amende ! Je ne sais pas ce qu'ils ont à cacher, mais ils auraient voulu me demander d'enquêter sur eux, qu'ils ne s'y seraient pas pris différemment, les imbéciles !

— Idem pour moi ! renchérit Hicham, très remonté. De plus, j'ai sans doute perdu mon indic… J'espère que cette fois, on va réussir à les serrer et à coincer les gros cadors, sinon je capitule ! Ils menacent de s'en prendre à ma femme et mon fils, si le commandant retourne fouiner au Trident. Je crois qu'ils sont sur les dents ; si nous ne sommes pas en ordre serré sur ce coup, ils vont, encore une fois, gagner la partie…

— El-Saïd, je vous rappelle que nous sommes sur la piste d'un serial killer qui sévit actuellement sur notre région ! rectifie le commissaire, agacé par les interventions de ses subalternes. Je ne parviens pas à comprendre comment ces personnes peuvent imaginer que le commandant Delacour est à Nantes pour démanteler les réseaux de trafic de la région ! Je ne vais quand même pas faire publier un bulletin dans la presse à l'attention des truands du coin, pour leur préciser, à toutes fins utiles, que notre chasse à l'homme ne les concerne pas ! Nous allons devoir redoubler de prudence car nous avons affaire à des enragés qui se croient intouchables, et les événements de ces dernières années semblent, hélas, leur donner raison !

— J'espère que le jour où l'on s'occupera vraiment d'eux, notre hiérarchie ne nous balancera pas un profileur mais une équipe solide du GIGN ! crache le capitaine El-Saïd en secouant la tête.

— Je vous ai fait venir dans mon bureau car je viens de recevoir les dossiers de deux meurtres qui se sont déroulés ces derniers mois sur Paris, suivant un mode opératoire que nous connaissons bien. Florence Cordier, une avocate d'affaires spécialisée dans les successions délicates. Elle a été retrouvée étouffée dans son cabinet de la région parisienne. Différence de taille : Florence Cordier était mariée et mère de trois enfants. L'enquête du quai des Orfèvres n'a rien donné, voilà pourquoi les collègues nous refilent le bébé.

— Ils pensent à une seule et même personne ou à un imitateur sur la région nantaise ? questionne Agnès Delacour en saisissant le dossier des mains du commissaire. Ce n'est pas la même région, même si je constate que Florence Cordier est née à La Roche-sur-Yon. Elle a peut-être poursuivi ses études supérieures à Nantes ; à la fac de droit, par exemple… Et comme elle avait 43 ans, un de moins que les deux autres victimes, elles se sont peut-être connues durant leurs cours…

— Subtile déduction, commandant Delacour, souligne le commissaire Jourdan, une piste solide semble se dessiner dans cette direction. Second dossier, Gabrielle Mongin, 43 ans, elle aussi, mariée mais en instance de divorce, deux enfants. Elle était secrétaire de cabinet auprès du Ministre des Affaires Sociales. Son corps dévêtu a été retrouvé sur le chantier d'une crèche d'avant-garde de Garges-lès-Gonnesse, dont elle suivait le dossier. L'affaire n'a pas été ébruitée, trop sensible dans le climat politique actuel. L'absence de sévices sexuels et l'utilisation très particulière de sparadrap et d'un sac plastique rapproche son meurtre des trois autres.

— Et elle était originaire de la région nantaise ! anticipe Julien Fontaine, un sourire désabusé aux lèvres.

— Non, Gabrielle était née vers Rouen, au Petit-Quevilly, précise Agnès en consultant le dossier. Néanmoins, nous allons vérifier si une Gabrielle Conan, son nom de jeune fille, n'a pas fréquenté la fac de droit de Nantes, puisque l'intuition de nos lieutenants semble se vérifier. Ce qui explique certainement leurs visages hilares, ce matin, je ne vois pas d'autre possibilité…

— Vous trouverez près de vous les cartons contenant toutes les pièces versées à chacun des dossiers, conclut le commissaire en se levant pour inciter son équipe à se mettre au travail. Voilà du grain à moudre pour au moins la journée ! Je ne saurais trop vous recommander de rester groupés jusqu'à la fin de cette enquête car vous me semblez tous dans le collimateur de gens mal intentionnés. Si vous établissiez des relations solides entre les quatre victimes, nous aurions accompli un pas déterminant dans l'appréhension de ce dossier. Allez, au travail, les enfants !

À peine installée dans le bureau de l'équipe, Annabelle sort un bloc-notes et remarque que le nom de jeune fille de Florence Cordier est Malet ; justement, parmi les relations de Karen et Clémence, il se trouvait une Florence Malet qu'elles avaient toutes deux fréquentée sur les bancs de la fac. Une piste que la motarde se propose de suivre. De son côté, Julien Fontaine désire aller montrer à Jean-Paul Faure, le médecin légiste, les dossiers de son collègue parisien, pour s'assurer qu'il n'y a aucun doute sur la relation entre les deux affaires. Avec un peu de chance, le tueur en série aura utilisé un rouleau de ruban adhésif identique, ce qui permettra de conclure qu'il s'agit du même criminel.

De son côté, Hicham souhaite interroger Grace Miller, l'une des personnes qui conservait des contacts avec ses collègues de fac décédées. Elle travaille, par le plus grand des hasards, en qualité de juriste dans le groupe CLM-BTP. Par son talent, elle a réussi à éviter à sa société des soucis après des plaintes déposées par des clients pour des vices de construction et autres malfaçons habituelles dans des logements neufs. Et si ses anciennes amies en avaient trop su sur les magouilles de Corentin Le Meur ?

Après une moue circonspecte, Agnès autorise le capitaine à mener son enquête, tout en réclamant de lui la plus grande prudence : après le Trident d'Arnaud

Le Meur, titiller la boîte de son père, cela risque de causer des dommages collatéraux… Tout en parlant, Agnès épingle sur un tableau les photos des deux victimes parisiennes auprès de celles de Clémence et Karen. Les similitudes sont trop frappantes pour qu'il s'agisse seulement d'une coïncidence. Elle s'est assise sur son bureau et fixe les scènes.

Discrètement, Annabelle est venue s'installer auprès d'elle pour écouter les déductions de la profileuse.

— Florence Cordier connaissait sa meurtrière. Elle l'a reçue dans son bureau à la fin de sa journée. Sa secrétaire était partie depuis une dizaine de minutes. Sa meurtrière avait certainement annoncé sa visite, une ancienne camarade de fac qui n'éveille pas l'inquiétude, au contraire… Florence a été menacée avec une arme, forcée de boire une bouteille de cognac, comme le précise le rapport, puis de se dévêtir intégralement. Elle devait savoir des détails qui la rendaient dangereuse pour les intérêts de gens puissants… Il s'agit du même assassin, j'en ressens la certitude !

— Sa fonction d'avocate d'affaires l'a peut-être mise en relation avec Le Meur et Lantier… suggère Annabelle, fière de sa trouvaille. Un terrain non constructible, un logis acheté illégalement dans la région nantaise, un litige entraînant une plainte d'un client, elle met le nez dans les magouilles et découvre la véritable nature du promoteur immobilier et de son acolyte… Il faut prévenir Hicham ; votre meurtrière est peut-être Grace Miller, la juriste du groupe CLM-BTP, puisque votre intuition de profileuse vous suggère qu'il s'agit certainement d'une femme.

— Non, je ne pense pas ! réplique aussitôt Agnès. Il faut des tripes pour éliminer de la sorte des femmes en pleine force de l'âge ! Je ne pense pas que la fac de droit forme à ce genre d'acte sordide ! Nous devons pourtant chercher dans la direction de ce lien, vous n'avez pas tort, Lieutenant. Gabrielle Mongin, pour sa part, se rendait sur un chantier désert à une heure tardive. Quelle raison plausible pouvait pousser la secrétaire de cabinet d'un ministère à accepter un rendez-vous en un lieu aussi désert ? Voilà une haute fonctionnaire en tailleur et escarpins qui fait un crochet en fin de journée vers un bâtiment en construction, déserté par les ouvriers depuis quelques heures déjà.

— Salut Gaby, tu te souviens de moi, nous étions en fac ensemble ? Je t'ai vue tout à l'heure visiter le chantier, j'habite juste à côté, cela ferait plaisir de se revoir ! avance Annabelle en prenant une voix de bourgeoise.

— C'est une hypothèse. À moins que Madame y donne aussi des rendez-vous galants. On peut s'habiller en Saint-Laurent et ne pas détester s'encanailler en des lieux incongrus. Un point évident : ce chantier représentait un endroit idéal, discret et désert, pour un piège parfait. Elle est la seule qui a lutté avant de succomber, et pourtant le rapport ne mentionne aucune trace de l'empreinte de son agresseur. À voir les photos, même s'il s'agit d'une femme de caractère, Gabrielle ne possède pas une carrure de déménageuse apte à se défendre face à une autre femme ! Je note cependant qu'elle suivait des cours de self-défense. La meurtrière est donc une sportive, je dirais une pratiquante d'arts martiaux, de lutte ou de boxe… Elle a neutralisé sa victime assez rapidement pour l'éliminer plus tard après le même cérémonial méticuleux qui correspond forcément à une scène du passé que les meurtres à répétition ne chassent pas de son crâne !

— Vous avez raison, Commandant, Florence et Gabrielle, n'ont pas été violées, elles non plus, intervient Julien, rapport des médecins légistes en main. Par contre, si nos deux victimes nantaises étaient brunes et fortes, celles-ci possèdent une chevelure auburn, une silhouette de nymphette et n'étaient pas nanties d'une poitrine énorme. Par contre, pardonnez ma remarque de mec, elles étaient deux belles femmes à la classe évidente, qui n'auraient pas laissé un type insensible ! Je vais finir par adhérer à votre hypothèse d'un meurtrier en jupon ! Si je peux me permettre de poursuivre mon raisonnement, il nous faudrait chercher un lien entre les dossiers suivis par la secrétaire de cabinet du ministère, c'est-à-dire la construction de crèches dans tout le pays, les affaires traitées par Maître Florence Cordier dans le milieu du bâtiment et les immeubles bâtis par CLM-BTP avec le concours du promoteur Maxime Lantier. Si nous arrivons à établir ces points, nous approcherons de la vérité et donc du ou de la coupable…

— Dans ce cas de figure, pourquoi s'en prendre aussi à Clémence et Karen, lieutenant Fontaine ? Je ne vois pas la première effectuer la décoration des crèches, les enfants y perdraient leurs premiers repères ! Ni la seconde chanter pour l'inauguration. Il doit exister des détails qui nous échappent encore… Et puis, pourquoi tenez-vous absolument à ce que les deux affaires soient liées ? Nous avons d'un côté un tueur en série dans la nature et de l'autre, des truands qui s'excitent à la suite de nos intrusions dans leur périmètre. Le seul lien actuel, c'est Grace Miller qui a connu les victimes à la fac et travaille à présent pour Le Meur. Au fait, lieutenant Martinet, j'ai vu dans votre dossier que vous avez effectué trois années de judo…

— Vous n'allez pas m'accuser d'être la meurtrière, quand même ! réagit Annabelle en se levant d'un bond, prête à mettre son savoir en pratique pour laver l'affront.

— Laissez-moi terminer, Lieutenant ! poursuit Agnès, sans se départir de son calme. Je désirais seulement vous demander de prospecter dans les clubs de la région pour tenter de dénicher une fille qui pourrait correspondre au profil que nous avons précisé.

— J'en connais déjà une, Agnès… pardon, Commandant ! Amandine Laval, surnommée Dyna, la copine de Quentin Le Meur. Elle ne peut rien lui refuser, je sais qu'elle lui rend des petits services. Elle est solide, amoureuse du fils du caïd, un peu tête brûlée, mais sait se concentrer ; de plus, elle est ceinture marron de judo. Je peux gratter de ce côté, si vous le désirez…

— Elle peut représenter une hypothèse plausible, seulement, restez prudente, son petit copain ne doit pas s'apercevoir que vous la suspectez, sinon vous risquez de gros ennuis ! conclut Agnès en accompagnant ses paroles d'une moue inquiète. Et puis, ne changez surtout pas vos habitudes avec eux, ils sont tellement sur des charbons ardents qu'ils peuvent disjoncter à tout moment…

*

Les bureaux du promoteur immobilier Maxime Lantier sont situés dans la petite rue Buffon, en plein centre-ville, à deux pas de la place Graslin et de son célèbre et majestueux théâtre. Le patron y travaille avec son épouse, même s'il est souvent en déplacement pour prospecter des terrains à rentabiliser, des friches industrielles à réhabiliter. Il représente également le lien régulier entre l'entreprise de bâtiment choisie pour le chantier – le plus souvent CLM-BTP, après un appel d'offres truqué – et les administrations ou les collectivités locales. Si Maxime possède le flair, le carnet d'adresses et la connaissance technique, Anne, son épouse, lui apporte la rigueur et le pragmatisme d'un début de carrière en qualité d'expert-comptable, avant de rejoindre la société familiale. Des valeurs exceptionnelles de gestionnaire héritées de son père, un requin de la finance, respecté et même craint des professionnels de la région.

Tous deux se trouvent face à face dans la pièce, penchés sur un dossier nouveau. Elle sait qu'il la trompe ; d'ailleurs, cela fait plusieurs années qu'ils ne couchent plus ensemble. Seulement, ils sont installés sur un même bateau professionnel et si l'un tombe, l'autre plonge aussi. Lui, 53 ans, grand, sémillant, visage grave aux traits émaciés, voix éraillée par l'abus de tabac ; un éternel séducteur qui chavire les cœurs féminins et retourne toute situation en sa faveur. Elle, 51 ans, allure classique et visage effacé ; ni grande ni petite, ni belle ni moche, ni brune ni blonde. Peut-être a-t-elle un amant, il l'ignore, il s'en moque d'ailleurs ! Leur relation est depuis longtemps strictement professionnelle et intéressée. Ils ont besoin l'un de l'autre !

Anne émane d'un milieu bourgeois, plaçant la position sociale comme facteur principal de réussite. Si son père a vu d'un mauvais œil son engouement pour un jeune financier ambitieux mais sans le sou, il doit admettre aujourd'hui que sa fille a réussi, connaît la prospérité et sait tenir son rang. Avec la possession d'une magnifique propriété sur Sautron, d'une résidence secondaire à La Baule, sans parler de l'héritage familial, une bâtisse ancienne qu'elle louait à des étudiants jusqu'à ce que Corentin Le Meur, son ami d'enfance, ne la réclame pour héberger sa fille Julie ; on peut parler d'une totale réussite sociale. Bien sûr, Maxime ne fait pas payer de loyer à sa filleule !

Justement, quand la porte du bureau s'ouvre, ils découvrent Corentin Le Meur, avec l'un de ses inévitables pulls bariolés ras de cou qui donnent l'impression qu'il revient toujours du Club Med. Sa veste bleu pétrole peu discrète, son sourire carnassier et ses yeux bridés par le plaisir permanent d'embobiner ses interlocuteurs plus que par d'éventuelles origines asiatiques complètent la panoplie du plus grand prédateur de la ville. Il se déplace rarement en journée et jamais pour des peccadilles.

Il embrasse Anne puis Maxime et s'installe sur l'un des sièges disponibles. Peu après, Grace Miller, sa juriste, un grand échalas blond qui se complaît en jupe courte, le rejoint dans la pièce, salue les occupants d'un geste de la tête et vient s'asseoir sur la dernière chaise disponible.

— Il va falloir que vous repreniez le fiston en main, annonce d'emblée Corentin Le Meur, il est en train de faire des conneries, en ce moment ! Que lui a-t-il pris de draguer cette policière au Trident ? Dieu sait ce qu'il a pu lui raconter sur nos arrangements, il vendrait père et mère pour se faire mousser auprès d'une femme mûre…

— Ce n'est quand même plus un gamin, il sait se montrer responsable ! riposte Maxime, piqué dans sa chair et son sang. Il ignorait qu'il s'agissait d'un commandant de police, cela n'est pas inscrit sur son visage. D'ailleurs, à la base, il me semble que c'est ton fils Arnaud qu'elle est venue interroger, pas vrai ? Et juste pour glaner quelques renseignements complémentaires sur le parcours artistique de Karen Dulac. Ne te fais pas de mouron inutilement, vieux, personne ne peut remonter jusqu'à nous, toutes les branches que cette nana pourrait utiliser, se briseraient à l'instant où elle penserait s'y appuyer…

— Cela, je suis bien payé pour le savoir, c'est moi qui me tape les sales besognes ! s'emporte Corentin, agacé par la nonchalance de son pote. Qu'en pensez-vous, des meurtres des locataires de la bicoque ? J'espère que cette connerie ne va pas remonter à la surface. Je maîtrise toute la situation depuis lors, je ne tiens pas à plonger pour une connerie de ce genre !

— Qui veux-tu qui se souvienne encore de cette histoire ? s'emporte Anne en tapant du poing sur la table. Nous tenons ces femmes, elles ne parleront pas davantage aujourd'hui qu'elles ne l'ont fait depuis ce jour ! Elles ont leur vie, leur carrière, leur réputation, elles savaient et elles n'ont rien dit ! Par contre, j'aimerais bien savoir qui joue les justiciers car si ce Zorro remonte jusqu'à nous avant que nous le démasquions, il peut nous en cuire ; je ne parle pas de notre business, je pense davantage à notre peau ! Je n'ai pas envie de finir comme ces deux filles, les fesses à l'air et la tête sous plastique.

— Pas deux, mais quatre ! coupe Corentin Le Meur, sarcastique. Je viens d'apprendre par un mouchard du commissariat que Florence et Gabrielle ont subi le même sort à Paris. Même motif, même punition. Leur dossier vient d'arriver à Nantes. J'essaie de noyauter l'équipe qui s'occupe de cette affaire. Le Maghrébin va filer droit, pour ne pas faire courir de risques à sa femme et son fils. La motarde est sous contrôle, Quentin la tient par le bout du nez et Dyna, sa gonzesse, garde un œil sur elle en permanence. Reste le lieutenant qui vient de débarquer de l'école de police ; l'un de mes gars le suit, il semble enquêter dans une autre direction, je ne sais pas trop ce qu'il cherche. Et puis cette Agnès Delacour avec son diplôme américain de profileuse me tape particulièrement sur le système ! Que cherche-t-elle exactement ? J'ai demandé à un gars d'enquêter sur son parcours, il paraît qu'elle est originaire de la région… Il se peut qu'elle ait des comptes à régler avec son passé… Il nous faudra la neutraliser avant qu'elle remonte la piste de la maison en location.

— Ou la vôtre, Grace ! assène Anne en fixant la jeune femme assise en face d'elle. Ne restez-vous pas la dernière en vie du groupe de locataires de l'époque ? Vous n'avez pas peur de devoir rendre des comptes à un mystérieux justicier ou d'effectuer une mauvaise rencontre, un soir, en rentrant chez vous ?

— La question n'est pas là, le problème n'est pas à l'ordre du jour ! coupe Le Meur en haussant la voix. Savez-vous qu'Alexandre, pour revenir à votre engeance, est allé rejoindre Agnès Delacour dans sa chambre d'hôtel ? Il ne s'en est pas vanté devant vous, naturellement ! Il a parié avec Arnaud qu'il la sauterait, comme les autres ! Par chance, mon fils a un peu plus de plomb dans la cervelle que le vôtre, il l'en a dissuadé, l'incitant davantage à lui mettre la pression. Qu'il ne me refasse plus jamais un coup pareil ! Au fait, Anne, pour changer de sujet, comment se fait-il que notre dossier n'ait pas été retenu pour l'appel d'offres de la zone pavillonnaire d'Ancenis ? Ton père devait l'appuyer de toutes ses forces, à ce que tu m'avais promis, non ? Décidément, rien ne tourne rond en ce moment !

Lorsqu'il revient au commissariat, après un dialogue avec le médecin légiste Jean-Paul Faure, Julien Fontaine est perplexe. Le praticien a souhaité conserver les dossiers pour les étudier plus minutieusement, le lieutenant pense la réalité différente de la piste suivie. Il reste convaincu, comme l'avait suggéré Annabelle, que le point de départ remonte à l'année de fac durant laquelle, il en est désormais persuadé, Clémence, Karen, Florence et Gabrielle se sont connues. Il fait part de sa conviction à Agnès, allant jusqu'à imaginer qu'elles se sont moquées d'un étudiant ou d'un prof qui se venge à présent. Loin d'obtenir une réponse de son chef qui se contente de lever les yeux des dossiers étalés sur le bureau, il se voit reprocher son comportement :

— Vous étiez où hier après-midi et hier soir, lieutenant Fontaine ? Je suis passée ici entre deux rendez-vous et vous aviez déserté votre poste ; je vous ai appelé en soirée, vous ne vous trouviez pas chez vous ! J'espère seulement que vous ne menez pas une enquête en parallèle, privilégiant votre intuition personnelle au travail d'équipe ! Dois-je vous rappeler que vous sortez à peine de l'école de police, que toute initiative inconsidérée pourrait ruiner les efforts de l'équipe et, pire encore, mettre vos collègues en danger ?

— Dans mes recherches, j'ai découvert un point commun qui me semblait évident et que les événements de Paris viennent corroborer. Un groupe de six étudiantes avait loué une maison sur Orvault dont elles se partageaient les chambres : Clémence Abidal et Karen Dulac y ont logé un moment ; Florence Malet devenue ensuite Florence Cordier, et Gabrielle Conan, c'est-à-dire Gabrielle Mongin, y occupaient également une chambre. J'ai obtenu ces renseignements de Laurence Lemaire, l'animatrice-vedette de la télévision régionale, dont le nom figurait au nombre des relations des victimes. Elle ne fréquentait pas la fac de droit, mais avait obtenu un lit dans la maison, alors qu'elle achevait son IUT. Enfin, dernière locataire, Grace Miller, la juriste de CLM-BTP ! On avance, non ?

— Et vous en déduisez quoi, Lieutenant ? interroge Agnès en fronçant les sourcils.

— Il s'est passé quelque chose dans cette maison, j'en suis convaincu ! Il suffisait de voir le visage de

Laurence Lemaire se décomposer, à mesure que je posais des questions, pour deviner qu'elle cachait un secret trop lourd pour elle. Je n'ai pas insisté, mais elle est à point, la star de l'écran ; il vous suffit de l'interroger, ou de demander à Hicham de la cuisiner, et elle vous donnera jusqu'à ses mensurations.

— Si vous aviez pris le temps de consulter les dossiers, avant de foncer, tête baissée, vous auriez retrouvé le nom de Laurence Lemaire auprès de celui de Maxime Lantier, le promoteur immobilier ; elle serait sa maîtresse ! Ce qui signifie qu'à cette heure, il est au courant de votre initiative, comme son acolyte, Corentin le Meur. Bravo pour la discrétion, Lieutenant ! Je ne sais pas ce qui me retient de vous coller un blâme pour vous apprendre à la jouer perso ! À cette heure, le capitaine El-Saïd interroge Grace Miller, autre protagoniste encore vivante de l'affaire. Elle travaille pour CLM-BTP, ce qui signifie que, selon les craintes qu'elle confiera à son patron, suite aux questions de votre collègue, en les croisant avec vos propres investigations, les caïds vont comprendre la piste que nous suivons. Et si vous aviez tort et que mon instinct ne m'a pas trompée, votre initiative risque de tourner rapidement au carnage, dans notre camp ou dans le leur !

— Je suis convaincu que j'ai raison ! insiste Julien Fontaine. D'ailleurs, Laurence Lemaire ne m'a pas caché sa relation avec Maxime Lantier, m'apprenant aussi que le fils de celui-ci, Alexandre, un minet de

25-26 balais, avait de son côté couché avec Clémence Abidal et Grace Miller. Ce n'est pas cela qui la gênait, pour elle ou pour ses copines. Il paraît même que la femme de Lantier, Anne, qui travaille dans la société de son mari, est au fait de la liaison de celui-ci avec Laurence.

— Réfléchissez un instant, Lieutenant, au lieu de persister dans votre entêtement ! insiste Agnès, commençant à perdre patience. Lantier et Le Meur magouillent ensemble. Le groupe de filles le découvre lorsque Grace, forcée de couvrir les exactions, confie son souci à ses copines de fac. Peut-être appelle-t-elle même Florence et Gabrielle à Paris pour leur demander conseil… N'oublions pas que l'une était devenue une avocate renommée et l'autre, une haute fonctionnaire. Plus tard, paniquée par sa démarche, elle s'en ouvre à son patron. Le Meur et Lantier ne mettent pas longtemps à imaginer un stratagème pour museler définitivement les témoins ; pas Grace à qui ils ont fait comprendre ce qu'elle risquait si elle parlait ; pas Laurence qui bénéficie du parapluie ouvert par son amant et aussi par sa relative notoriété cathodique. Mais pour les quatre autres, c'est différent. Ils commanditent leur élimination et donnent des consignes précises aux exécuteurs pour brouiller les pistes.

— C'est une possibilité, mais…

— Les caïds pensent avoir éliminé le problème, sans avoir attiré les suspicions de la police sur leur business. J'arrive sur ces entrefaites et je vais, dans l'ignorance de ce dossier, interroger le fils Le Meur au Trident ; ils s'énervent ! Vous en remettez une couche, alors que le capitaine El-Saïd et le lieutenant Martinet ont été menacés par les sbires du caïd. Comment ne prendraient-ils pas votre initiative pour une provocation ? D'autant que le capitaine El-Saïd est parti cuisiner Grace Miller à son travail, pour bien lui mettre la pression ! Et comme le lieutenant Martinet fouille dans la vie d'Amandine Laval, la seconde fille du groupe de bikers, potentielle suspecte des meurtres, par amour pour Quentin Le Meur, nous venons de nous mettre le gratin de la pègre nantaise sur le dos ! Et le pire, c'est que je ne peux rien arrêter, ce serait encore plus dramatique ! Parlez avant d'agir, Lieutenant ! Suis-je donc aussi inaccessible pour que vous partiez au casse-pipe, la fleur au fusil ?

— Vous ne m'enlèverez pas de la tête que la présence de ces filles dans un même lieu, voilà une vingtaine d'années, n'est pas anodine ! Et si Le Meur et Lantier qui étaient déjà des magouilleurs à la trentaine, quand les filles n'en avaient que vingt, et les avaient forcées à se prostituer pour payer leur loyer ? Tous deux travaillaient déjà dans l'immobilier et employaient depuis quelques années des petites frappes pour régler les affaires courantes. Devenues des femmes, les victimes auraient décidé de se venger ou de faire chanter les coupables ; elles s'y seraient mal pris et auraient subi le retour de boomerang…

— Une supposition, parmi des dizaines d'autres, Lieutenant ! coupe Agnès, implacable. Vous n'avez pas le plus petit début de preuve et vous avez déjà abattu vos cartes ! C'est cela que vous ont appris vos instructeurs durant votre formation ? Permettez-moi d'en douter sérieusement…

*

À l'extérieur de la ville, sur la route d'Indre, le capitaine Hicham El-Saïd est installé dans l'un des bureaux du bâtiment de la société CLM-BTP. Il est arrivé sans prendre rendez-vous ; Grace Miller se trouve en déplacement. La secrétaire l'a appelé sur son portable : elle ne doit pas tarder, un quart d'heure au maximum. Curieuse de la raison de la présence de la police, elle s'est entendue répondre par son interlocuteur qu'il s'agissait d'une enquête de routine qui n'avait rien à voir avec les activités professionnelles de l'entreprise. Le policier tient à protéger ses proches en apaisant les soupçons du patron de la société et ses hommes de main au sang chaud, comme l'en a supplié le commandant. Lorsque la sonnerie de son portable retentit, il s'éloigne pour réceptionner le message de son chef. Agnès lui demande de se montrer encore plus prudent que prévu au préalable et lui donne les dernières avancées de l'enquête, évoquant notamment les relations entre les victimes de la région nantaise, les parisiennes et Grace Miller.

Il se trouve encore en conversation lorsque, par la baie vitrée du bureau, il voit une limousine s'arrêter au pied de l'immeuble, un homme et une femme en descendre. L'homme, il le reconnaît : costard bleu pétrole, pull bariolé, chaussures noires, c'est Corentin Le Meur. Port altier, démarche chaloupée, regard presque asiatique, il lève la tête et repère la présence du policier. À côté de lui, une fille aussi grande que menue, courte chevelure châtain clair, costume grège à jupette étroite, chemisier largement ouvert, sac sur l'épaule et lunettes de soleil cachant ses yeux. Visiblement, ils s'entretiennent, et pas de la pluie et du beau temps. Le boss doit lui donner des consignes, elle opine de la tête.

Des bruits de talons hauts dans l'escalier, puis, apparition fascinante, elle approche de lui d'un pas décidé, tellement grande, étonnamment longiligne, dotée de jambes sublimes ! Corentin Le Meur a préféré rester au rez-de-chaussée pour ne pas croiser le policier. En se départant de ses lunettes de soleil, Grace Miller affecte un sourire détendu, mais il est crispé. Elle tourne nerveusement la clé dans la serrure de la porte de son bureau et fait entrer l'invité. Elle ôte sa veste qu'elle pend à un portemanteau, appelle sa secrétaire pour savoir si aucun appel important n'est survenu durant son absence, puis elle s'apprête à s'asseoir dans son fauteuil quand elle s'aperçoit que le policier s'est déjà installé sur l'un des sièges du salon d'angle. Hicham adore déstabiliser les prévenus en les sortant de leur cadre habituel, en les dévisageant durant de longues minutes, en les impressionnant avec son faciès impassible si typé et son regard d'aigle. Contrainte et forcée, elle vient s'installer en face de lui en lui demandant ce qu'elle peut faire pour son service, croise les jambes, encore plus diablement sublimes vues de près, tente de tirer sur sa jupette crème, sans beaucoup de résultat. Le policier abat ses premières cartes :

— J'enquête sur le meurtre de Clémence Abidal, une décoratrice d'intérieur, et Karen Dulac, l'ancienne vedette de la chanson. J'ai retrouvé vos coordonnées dans leurs affaires. Cela n'a certainement rien à voir avec leur mort, mais je ne dois négliger aucune piste et surtout aucune relation qui pourrait me permettre de mieux cerner leur personnalité.

— C'est donc encore cela ! lâche la juriste, visiblement soulagée. Oui, j'ai eu l'occasion de les croiser au cours de mondanités. Vous savez ce que c'est, on papote, on feint de s'intéresser les uns aux autres, on échange des cartes de visite qu'on n'utilisera jamais.

— J'ai peu l'habitude des hautes sphères, je ne sais donc pas, réplique le policier en baissant les yeux vers son carnet. Je me suis laissé dire, par une relation commune, que vous aviez logé dans la même cité universitaire durant vos études…

— Dans une maison où des chambres étaient louées à des étudiants, plus exactement ! répond Grace Miller, sans se départir de sa fausse sérénité. Cela n'a pas duré longtemps, Karen a gagné un radio-crochet et a été remarquée par un manager parisien ; Clémence a épousé un homme dont elle a divorcé rapidement, pour ne conserver de lui que le tremplin du métier : la décoration, pour laquelle elle était plus douée que pour les études. Effectivement, à présent que vous me le remettez en mémoire, nous avons dû nous frôler quelques semaines, à ce moment-là… Je n'en conserve pas un énorme souvenir, juste quelques images floues et sans importance. Rien de suffisamment marquant pour mériter qu'on s'y arrête.

— Florence Malet et Gabrielle Conan, vous les avez juste frôlées également ? poursuit Hicham, flegmatique. Elles aussi ont loué une chambre de cette maison, dans la même période, avant de se marier et de poursuivre leur carrière à Paris.

— Absolument, vous êtes bien renseigné, Capitaine ! répond Grace en révélant les premiers signes d'irritation, comme cette envie de tripoter l'un de ses anneaux d'oreilles. Vous avez des nouvelles d'elles ? Cela fait des lustres que je les ai perdues de vue.

— Oui, elles ont été assassinées dans les mêmes circonstances que vos deux autres amies ! répond Hicham, concentré sur ses questions. Mon petit doigt me dit que vous le saviez déjà. La mimique crispée de votre bouche également. Il semble qu'une personne en veuille particulièrement aux locataires de cette maison, vingt années plus tard. Cela ne vous fait pas peur, mademoiselle Miller ? Nous pouvons vous fournir une protection jour et nuit…

— Non, ce ne sera pas nécessaire ! coupe la juriste en décroisant ses jambes avant de se lever prestement. Je ne pense pas que ce passé ait grand-chose à voir avec ces crimes horribles. Rien ne me revient à la mémoire qui justifierait une pareille vengeance, tant d'années après ! Vous savez, dans mon métier, on subit souvent des menaces désagréables de la part de personnes mécontentes, à tort naturellement ! Par bonheur, monsieur Le Meur possède des vigiles qui peuvent également assurer la protection d'un employé menacé, le cas échéant ! Si nécessaire, je ferai appel à eux, mais je n'en vois pas l'utilité pour l'instant.

— Un autre policier vous a déjà parlé de cette affaire avant moi, mademoiselle Miller ? lance Hicham à brûle-pourpoint, toujours confortablement assis, sans lever les yeux de son carnet à spirale.

— Non, pas du tout, mais pourquoi me posez-vous cette question ? s'étonne la juriste, bras croisés sous sa poitrine. Vous avez des problèmes de communication entre policiers, pour ne pas trouver le temps de faire un point régulier sur les avancées de votre enquête ?

— Il me semblait car, à ma première question, vous avez répondu : « C'est donc encore cela ! » J'en ai conclu que je n'étais pas le premier.

— Le « encore » m'aura échappé, formule la juriste en guise d'échappatoire avant de se diriger vers la porte. Vous savez, mes journées sont bien remplies et les mots ne sont pas toujours appropriés. Je vais devoir vous laisser, mon patron m'attend pour régler un problème important…

Penchée sur son bureau, Agnès Delacour effectue des petits croquis proches de hiéroglyphes indéchiffrables pour une autre personne qu'elle. Des noms y sont inscrits dans une colonne, suivis de ceux qui y sont liés. Mais aussi d'autres relations, entourées au marqueur : Clémence Abidal, décoratrice d'intérieur, comme le mari de Florence Cordier, l'avocate d'affaires. Laurence Lemaire, l'animatrice de télé, maîtresse de Maxime Lantier – de plein gré ou contrainte ? Anne Lantier, l'épouse trompée, propriétaire de la fameuse maison où toutes les victimes ont logé durant leurs études ; comptable dans la société immobilière de son mari, quel est exactement son rôle dans les magouilles financières ?

Et le fils, Alexandre, qui saute toutes les bourgeoises matures de la région, fait-il une fixation sur les femmes mûres ou bénéficie-t-il d'un droit de punition sur des quadras jadis prises en faute ?

Et Brigitte Beauvais, la psychanalyste renommée dont on sait déjà qu'elle suivait Clémence et Karen, et qu'elle reçoit toujours Grace et Laurence, et qui d'autres ? Et pourquoi toutes ces femmes se tournent-elle vers cette analyste qui frise la soixantaine lorsque de plus jeunes se sont installées depuis sur Nantes, sans doute plus aptes à analyser leurs problèmes existentiels ? Relation de fac, elle aussi ? Était-elle prof ou intervenante ?

— Cela fait beaucoup de points d'interrogation ! constate Annabelle, qui s'est approchée discrètement du bureau de sa patronne. J'ai frappé à la porte avant d'entrer, je vous le promets, d'ailleurs, elle était entrouverte ! Votre théorie avance ? Le puzzle prend forme ?

— C'est un peu comme ce mot que vous avez sur le bout de langue et qui ne veut pas sortir ! explique le commandant en relevant la tête. Par instants, on pense qu'il est proche, puis il repart ! Cela peut durer des heures. Je cherche une logique à tout cela. Le lien entre ces filles, vingt années après. La raison de l'emprise de Le Meur et Lantier sur elles, si elle est démontrée. Et pourquoi ce cérémonial lorsque, d'ordinaire, les caïds ne s'embarrassent pas de raffinement. Déjà, les règlements de comptes s'effectuent d'ordinaire entre hommes. Là, les victimes sont toutes des femmes que l'on épargne de toute violence gratuite. Je ne crois pas à la piste mafieuse, même si les caïds rôdent autour des cadavres que nous avons trouvés.

— Vous pensez toujours que l'agresseur est une femme ? interroge Annabelle en jouant machinalement avec la fermeture éclair de son blouson de cuir. Je vais me renseigner sur Dyna pour tenter de trouver un peu plus d'infos à son sujet… J'ai aussi réfléchi à un autre point : dans la famille Le Meur, on parle des deux frères, on oublie la petite sœur ! Julie, 21 ans, championne régionale de tennis, étudiante à l'université de droit et actuelle unique habitante de la grande maison appartenant à Anne Lantier, jadis louée par les victimes. Cette môme est surprotégée, couvée par ses parents et ses frangins, mais aussi par le couple Lantier ! Pensez, elle veut devenir magistrate, une aubaine pour les caïds, si elle obtient un poste à Nantes !

— Oubliez la piste d'Amandine, elle est trop dangereuse, lieutenant Martinet ! lance subitement Agnès en regardant droit devant elle. C'est beaucoup trop de risques pour peu d'espoirs d'avancée ! Ma conviction est établie que la criminelle est soit Laurence Lemaire, soit Anne Lantier, soit Grace Miller, ou deux d'entre elles ou les trois ! Demain, décortiquez plutôt le parcours d'Anne Lantier, car je la pense plus au fait des affaires de son mari qu'on ne le suppose. À l'inverse de l'épouse de Corentin Le Meur, qui chaperonne sa fille et dépense avec prodigalité la fortune familiale.

— C'est vous le boss ! atteste Annabelle en enfonçant ses mains dans les poches de son pantalon de cuir.

— Puis-je vous poser une question stupide, Lieutenant ? Que fait une fille comme vous avec une bande de loubards qui se livre parfois à des petits méfaits ? C'est le commissaire qui vous l'a demandé ou c'est par goût pour les grosses cylindrées et les garçons qui sentent le fauve ?

— J'ai grandi auprès de quatre frangins fondus de mécanique. Ou je les suivais dans leur passion ou je restais dans les jupons de ma mère. Conduire une 750 est un plaisir, désormais. Je n'ai pas choisi la bande, je n'ai pas caché non plus mon job ! Cela n'a jamais posé de problème à personne. Ils savent que je ne veux pas entendre parler de leurs magouilles ou de dérapages, hormis ceux, le plus souvent contrôlés, que nous effectuons sur nos machines. Et je ne suis amoureuse d'aucun des mecs du groupe, pour devancer votre question suivante. Même si Quentin craque devant moi ! Il sait bien qu'il ne peut pas ramener une fliquette à la maison, papa Le Meur n'apprécierait pas vraiment… D'ailleurs, je me suis donné jusqu'à 30 ans avant de chercher un père pour mes gosses !

— Ne me dites pas que le lieutenant Fontaine vous laisse insensible… avance Agnès pour tester sa jeune collègue. D'ailleurs, la rumeur court dans les bureaux que vous logez chez lui, depuis quelque temps…

— Une nuit, juste une nuit, car Quentin m'avait fichu les jetons avec ses menaces ! Cela vous pose un problème ?

— Non, à partir du moment où vous arrivez en forme au boulot, tous les deux ! se reprend le commandant. Au moins, vous vous protégez mutuellement. Et puis, c'est un garçon intelligent et sensible, même si je le trouve trop secret à mon goût ! Je parle du plan professionnel, bien entendu.

— Rumeur pour rumeur, il se dit que le juge Raspail et vous… Un beau gosse, celui-là ! Bien sous tous rapports, issu d'une bonne famille. Vous faites d'ailleurs un beau couple, si je puis me permettre. Bon, je dois y aller, ce soir, on teste un nouveau tronçon de voie express, en direction de Saint-Nazaire. J'ai besoin de cette adrénaline pour vivre. Vous pouvez passer des heures devant une feuille en attendant que la solution s'affiche devant vous, moi, je réfléchis mieux à plus de 200 kilomètres-heures avec le paysage qui défile des deux côtés de mon casque. Allez, bonne soirée, Commandant ! Ne vous abrutissez pas au travail, on n'a qu'une vie !

La fille en cuir noir s'éclipse dans un grand courant d'air sans réclamer son reste. Hicham a téléphoné pour prévenir qu'il retournait auprès de sa femme et son fils, en faisant part de son intuition : Grace Miller a quelque chose à se reprocher, soit dans les meurtres soit dans les affaires de son patron. Une petite garde à vue au commissariat devrait lui faire perdre rapidement de sa superbe, car elle semble peu sûre d'elle, hors de la présence de Le Meur et des petites frappes qui entourent celui-ci. Pour sa part, Julien Fontaine s'est encore envolé sans donner de détails sur son emploi du temps. « Un ou deux trucs à vérifier », a-t-il annoncé en enfilant son blouson ; comme si la mise en garde de la veille au soir ne lui avait pas suffi.

Sachant le commissaire Jourdan dans son bureau, Agnès vient lui exposer les avancées de l'enquête et de ses réflexions. Pour avoir accompli une bonne partie de sa carrière à Nantes, le vieux renard connaît parfaitement Corentin Le Meur et Maxime Lantier. Il a assisté, impuissant, à leur montée dans le milieu local, il a parfois arrêté des sous-fifres qui n'ont jamais balancé leurs patrons. Et comme les comptes de leurs sociétés et les volets juridiques sont bétonnés – entreprise de travaux publics oblige – jamais les caïds n'ont été réellement inquiétés.

Voilà justement ce qui inquiète Agnès, elle pense les deux affaires non liées. D'un côté, le meurtre de femmes qui ont habité dans un même lieu, victimes d'un justicier, pour une raison qui lui échappe encore. D'un autre, des trafiquants qui prennent des tics en voyant une équipe de police s'approcher de leur business. Comme si une langoustine coupable avait trouvé refuge au milieu d'un panier de crabes innocents en apparence. Elle, c'est la langoustine qui l'intéresse. Seulement les crabes semblent l'ignorer ou imaginer un stratagème au seul fait qu'elle arrive avec l'étiquette de profileuse. En souriant de la comparaison, le commissaire l'invite à venir dîner à la maison pour faire connaissance avec son épouse ; le mercredi, c'est le soir de la langue de veau et seule la sauce est piquante.

IV

Il est 21 heures dans la propriété familiale de la famille Lantier, située sur la commune de Sautron, non loin du golf régional. Un lieu paisible pour un couple qui s'est accordé le mercredi soir pour sauver les apparences ; au départ, l'accord avait été passé pour apaiser Alexandre, à l'époque de son adolescence. Ses parents lui consacraient cette soirée alors que le père pointait les autres jours aux abonnés absents, officiellement en raison de réunions. Rapidement, Alexandre ne fut plus dupe et à 18 ans, il avait demandé à accompagner son père, crevant d'asphyxie à la maison, étouffé par l'affection possessive d'Anne.

Satisfait de voir son fils suivre sa trace, Maxime l'avait emmené un jour avec lui chez Laurence Lemaire. Celle-ci fut bien un peu surprise de découvrir ce grand dégingandé dans le sillage de son amant. Maxime avait demandé à Laurence d'appeler Clémence pour qu'elles passent la soirée ensemble ; une fois la décoratrice chez sa copine, celle-ci avait constaté la présence de Maxime et d'Alexandre. Le père avait dit à son fils de s'amuser et il y avait de quoi faire en bidoche, Clémence avait protesté pour la forme et s'était fait rappeler qu'elle travaillait grâce au promoteur. Elle était restée dans le salon avec le fils, qui louchait déjà depuis un bon moment sur ses airbags surdimensionnés. Puis, Maxime avait pris Laurence par la main pour la mener à sa chambre.

C'est depuis ce jour qu'Alexandre Lantier s'était fait une spécialité de satisfaire des femmes d'âge mûr. Jamais des femmes mariées, uniquement des célibataires, des veuves ou des divorcées, pulpeuses comme Clémence, bourgeoises de préférence, réputées indomptables ou rebelles, par plaisir personnel, par volonté de soumission, car chacune de celles qui capitulaient moralement représentait une revanche sur cette mère insupportable qui l'avait tant couvé. Cela fait plusieurs années maintenant qu'Alexandre zappe régulièrement le rendez-vous familial. Il préfère fréquenter le Trident, préparer le terrain pour de nouvelles conquêtes, asseoir un peu plus sa réputation de gigolo qui, loin de le desservir, a fini par imposer une certaine forme de respect autour de lui.

Il est environ 21 heures quand une voiture s'arrête dans la cour de la propriété. Pour connaître le code du portail, il ne peut s'agir que de Corentin Le Meur, pense Maxime à haute voix, avant de se lever pour aller ouvrir. Pendant ce temps, Anne débarrasse les restes du dîner et s'éclipse à la cuisine. Entre Corentin et elle, cela n'a jamais été le grand amour ; depuis qu'elle gère la société, c'est parfois même la guerre froide. Elle a compris que la discussion du matin va connaître un prolongement et elle en est agacée à l'avance.

En s'avançant sur le parvis, Maxime reconnaît son copain d'enfance, mais aussi ses deux garçons. Il les apostrophe pour leur demander ce qui les amène en rase campagne, à une heure aussi tardive. Sur un ton grave, Corentin interroge pour savoir s'ils peuvent entrer ; le maître des lieux lui rétorque qu'ils sont chez eux, les suit de près pour les prier de s'installer dans le salon. Il connaît trop son pote pour ignorer qu'il arbore sa tête des mauvais jours. De plus, il se fait rarement accompagner par ses fils, préférant le plus souvent l'escorte de deux petites frappes censées être ses gardes du corps. Corentin demande si Anne et Alexandre sont là, eux aussi. L'épouse s'avance timidement, appliquée à se débarrasser de son tablier, en prétendant ne pas vouloir les déranger s'ils ont à parler entre hommes. Corentin la convie à venir s'asseoir auprès de son mari sur le long canapé qui fait face au home-cinéma, avant de placer un fauteuil devant l'écran et de s'y installer.

Enfin, il invite ses fils à prendre place des deux côtés de leurs hôtes. Maxime perd vite son sourire de façade ; Corentin n'est pas là pour plaisanter et ses deux petits roquets de rejetons sortent déjà leurs griffes.

— J'ai appris par hasard que ta maîtresse avait reçu la visite d'un policier ! attaque aussitôt Corentin. Tu étais au courant ?

— Oui, elle m'a téléphoné aussitôt pour me prévenir, mais ne t'inquiète pas, cela ne nous concernait pas ! réplique Maxime en se tortillant sur le canapé. Un détail sur sa relation avec Clémence Abidal, rien de plus.

— Tu vois, Max, l'ami d'enfance que je possédais n'aurait pas laissé une journée passer sans m'affranchir d'un tel fait ! lance Corentin en se levant pour fait le tour de la pièce. Il se serait empressé d'utiliser son téléphone pour me prévenir, nous aurions convenu d'un rendez-vous en cours d'après-midi au parc de Procé et nous aurions analysé ensemble la situation. Tu as changé depuis ces années et je pense que ta bourgeoise est pour beaucoup dans cette mauvaise métamorphose. Elle n'a pas encore coupé le cordon avec Papa. Toi, je te connais, tu n'es pas du tempérament à la jouer perso, tu n'as d'ailleurs pas les tripes pour cela ; ce qui signifie que, si tu n'es plus mon équipier, tu t'es rapproché d'elle et de son clan…

— Je te rappelle que je suis sa femme et son associée dans la société ! argue Anne, bave naissante à la commissure des lèvres. Il est donc normal que…

— Toi, la pétasse, tu parleras quand je t'interrogerai ! coupe Corentin en pointant son index vers la maîtresse de maison.

Anne veut se lever pour réparer l'affront ; Quentin la plaque dans le fond du canapé en tirant sur un pan de sa jupe. Elle demande à son mari de réagir ; Maxime supplie Corentin de ne pas s'énerver. Il s'agit d'un oubli de sa part, cela arrive à tous, dans ce monde de fous où le temps file entre les doigts comme du sable du Sahara. Il insiste pour certifier que Laurence ne parlera pas de sujets qui pourraient compromettre ses relations. Comme il voit que Corentin se rassoit dans son fauteuil, il reprend du poil de la bête et propose d'aller chercher une bouteille de fine et cinq verres, pour discuter calmement du problème et tenter d'y trouver une solution satisfaisante. Après tout, personne n'est parfait et des améliorations dans le fonctionnement sont toujours possibles.

— Connaissez-vous, l'un ou l'autre, la SCI de la Coudraie à Ancenis ? Elle est la gagnante de l'appel d'offres qui vient de nous passer sous le nez. J'ai regardé les noms des gérants, ce sont de vulgaires pékins ! Nous venons de nous faire entuber par des amateurs, comprends que j'ai les boules, Max !

— Je t'assure que j'ignorais qui étaient ces personnes. J'ai pensé qu'il s'agissait d'une société angevine. D'ailleurs, je crois que c'est toi qui me l'as dit, Anne, après l'appel de ton père !

— Qui porte la culotte dans cette baraque, éructe Corentin en se relevant, c'est toi ou c'est elle ? Le patron de la société, c'est bien toi et tu tolères qu'il se passe des arnaques dans ton bureau, en ton absence, sans moufter ?

— Corentin, je te demande de te calmer, tu deviens grotesque ! intervient Anne, toujours tenue par une main de Quentin. Tu débarques chez nous sans crier gare et tu lances, sans la moindre preuve, de graves accusations sur mon intégrité ! Nous n'allons pas nous laisser traîner dans la boue de la sorte.

— Tu n'es qu'une sale peste, Anne ! assène Corentin en s'asseyant sur la table basse devant elle. Ces gens sont des prête-noms ! Grace a étudié le dossier à la loupe et tu la connais ; pour détecter les arnaques, elle possède une sorte de sixième sens. L'un de mes gars a mené son enquête sur place dans l'après-midi, il vient de me rappeler ; tu as placé des billes de la société dans ce projet en t'abritant derrière de vieux amis de ton père. Tu ne voulais pas que CLM-BTP profite du petit pactole… D'ailleurs, j'ai récupéré vos comptes de plusieurs années et j'ai demandé à Grace de les passer à la moulinette. Tu détournes de l'argent régulièrement par un jeu de fausses factures pour assurer tes arrières, sale garce ! Et toi, Max, qu'as-tu à me dire ?

— Je te jure que j'ignorais tout cela ! balbutie le promoteur en fusillant sa femme du regard. Je lui faisais confiance, elle est une excellente gestionnaire et je ne comprends pas ce qui lui a passé par la tête !

— Tu vas ouvrir ton coffre fort, Max, je veux récupérer tout ce qui se trouve dedans, inspecter chaque feuille avec attention ! Et toi aussi, Anne, je sais qu'il en existe un dans ta chambre, derrière un tableau, dans lequel tu planques quelques affaires personnelles ! En découvrant les documents que vous me cachez, je saurai quelles idées vous avez dans le crâne, l'un et l'autre.

*

À la table du commissaire Jourdan, le climat est agréable. Agnès est de bonne compagnie, racontant son séjour américain, évoquant son passage au quai des Orfèvres et son goût pour les visites de musées, un point commun avec la maîtresse de maison. Ils se trouvent au dessert quand Agnès réclame le droit d'appeler les membres de son équipe pour prendre de leurs nouvelles. Tout d'abord, Annabelle, pour qui elle se fait beaucoup de souci. La motarde lui apprend que le rendez-vous a été annulé car Quentin avait un autre programme pour la soirée. Elle se trouve donc chez Julien qui, par chance, lui avait laissé un jeu des clés de son appartement. Par contre, l'oiseau s'est envolé du nid et ne répond pas aux appels téléphoniques, son portable se trouvant sur messagerie.

Elle joint ensuite Hicham qui se trouve auprès de sa femme et son fils, comme prévu. Tout est calme autour de chez eux, l'ambiance est seulement un peu tendue en raison de la peur instaurée par la situation. Il peut juste confirmer que le corps de son indic a été retrouvé dans la Loire par la BAC ! Peu de chance de remonter la piste des auteurs de son exécution, même si le policier connaît les visages des criminels. Ils nieront, auront des alibis en béton, protégeront leurs commanditaires et l'affaire sera finalement classée faute de preuves. Enfin, elle tente le numéro de Julien Fontaine. Bonne surprise, il décroche.

Agnès lui annonce qu'elle a déjà cherché à le joindre. Il réplique qu'il se trouvait sous la douche et n'a rien entendu ; de plus, il n'a pas encore eu le temps de lire ses messages. Il s'apprêtait juste à s'installer devant sa télé sans savoir ce que les chaînes proposaient d'intéressant ce soir.

— Ne vous fichez pas de ma figure, lieutenant Fontaine, vous ne vous trouvez pas chez vous ! s'exclame la chef, un brin courroucée. Que trafiquez-vous dans notre dos, au juste ? Demain matin, je vous veux dans mon bureau à la première heure avec de bonnes explications. Et arrêtez de jouer les héros, les cimetières en sont remplis alors que les malfrats courent toujours ! Pour votre gouverne, le lieutenant Martinet vous attend à votre domicile, sa course de motos a été annulée. Je serais à votre place, je ne passerais pas à côté d'une fille aussi craquante…

*

Quand arrive l'heure de se quitter, le couple Jourdan insiste pour qu'Agnès reste prendre une infusion. Manon, l'épouse, surtout, qui prend le commandant par le poignet avant de s'installer auprès d'elle. À mi-chemin entre la cinquantaine et la soixantaine, Manon reste une superbe femme dont la classe apparaît naturellement à chaque geste. Un regard lumineux comme sa flamboyante chevelure hésitant entre le blond et le roux, une vaste culture générale, une passion dévorante pour les arts ; elle épaule à merveille son commissaire de mari !

Pourtant, à cet instant, le regard de Manon a perdu de son éclat, ses mouvements se font plus crispés, sa voix devient presque chevrotante. Daniel Jourdan comprend que sa femme a décidé de faire confiance à Agnès pour révéler un secret qui la taraude depuis des années.

— Ce que je vais vous confier n'est pas facile à exprimer ! lance-t-elle en préambule, les yeux penchés vers le sol. Lorsque mon mari a été muté à Nantes en qualité de commissaire, nous avions tous deux une trentaine d'années ; vous connaissez la vie de policier, Daniel ne comptait pas ses heures lorsqu'une affaire lui était confiée, je me trouvais souvent seule, alors je sortais au théâtre ou au cinéma ! Je ne voulais pas m'encanailler dans les bars ou les discothèques, pensant que les amoureux de beaux spectacles constituaient de meilleures fréquentations. J'ai fait la connaissance des Lantier et j'ai apprécié les attentions de Maxime comme la compagnie d'Anne. Jusqu'à cette période de dix mois, voilà à présent une douzaine d'années, durant laquelle Daniel est parti effectuer un stage en région parisienne en vue de devenir commissaire divisionnaire. Les Lantier m'ont invitée chez eux à de nombreuses reprises durant cette longue période, nous passions des moments agréables, simples et chaleureux. Mais un soir, tout s'est effondré dans ma vie.

— Ils vous ont piégée pour empêcher votre mari de leur causer des soucis ! devance Agnès, comprenant déjà le drame de son interlocutrice.

— Ils m'ont fait boire, m'ont peut-être droguée, je ne le saurai jamais. Je ne m'en suis plus souvenue par la suite. Toujours est-il que quelques jours plus tard, Anne est arrivée vers moi avec des photos sur lesquelles Maxime et moi nous trouvions enlacés, dans une position sans équivoque. Elle m'a promis de faire un scandale, de casser la carrière de mon époux, de propager les photos dans notre entourage, pour me faire payer mon insolence. Je tombais des nues, je ne comprenais rien, j'étais piégée. Je devais leur obéir, sinon ils nous brisaient tous deux sans le moindre remords. Pour éviter l'infamie, je devais récupérer des papiers que Daniel possédait sur le père d'Anne. Je ne pouvais pas, j'ai préféré tenter de me suicider. J'ai raté et j'ai tout expliqué à Daniel qui a souhaité étouffer les affaires concernant Roger Compan, plutôt que de me voir humiliée par la propagation des clichés abjects.

— Pourquoi me racontez-vous tout cela ? s'étonne Agnès. Quel rapport avec les meurtres de ces jeunes filles ?

— L'un des dossiers correspondait à des plaintes de jeunes filles logeant dans une maison appartenant au père Compan et dans laquelle chacune avait loué une moitié de chambre. Elles émanaient de milieux modestes, leurs parents ne pouvaient financer un logement universitaire ni subvenir à leurs frais du quotidien. Le partage d'une chambre se révélait une aubaine pour eux. Daniel a conservé ce dossier pour ne pas me porter tort ; il m'a promis de le sortir de son tiroir le jour où je le jugerais opportun. Je vous demande seulement de ne pas le diffuser autour de vous, même à votre équipe ! Disons que votre talent de profileuse vous aura permis de découvrir le véritable drame qui a touché une jeune fille nommée Gaëdic Morvan. Si ce soir-là fut un drame particulier, c'est pour un fait très simple : la jeune femme violée a quitté la fac et la ville de Nantes dès le lendemain, elle s'est suicidée quelques mois plus tard, sans jamais avoir fait part à sa mère de sa volonté d'en finir. Je suis certaine que quelqu'un veut la venger à présent.

— Elle avait de la famille ? questionne Agnès en se redressant, piquée par cette information exclusive. Des proches qui auraient remonté la piste jusqu'à ses camarades de chambre ?

— Non, juste sa mère qui m'avait contactée, intervient le commissaire, le front marqué par les rides. Elle s'était retrouvée enceinte suite à la rencontre avec un garçon de passage qui n'a plus donné de nouvelles. Cette pauvre femme s'est laissée mourir de chagrin, quelques années plus tard. Ce n'est pas de ce côté-là que vous devez chercher le justicier.

— De toute manière, la vengeance devrait viser les coupables du viol, pas les autres locataires de la maison ! argue la policière, perplexe. S'il s'agit d'un justicier, il devrait éliminer Roger Compan et les Lantier, puisque vous dites que Maxime et Anne sont au courant ; pas les jeunes femmes qui ont sans doute, un jour ou l'autre, subi le même sort que la malheureuse Gaëdic…

— J'ai voulu les interroger, suite à la requête de la mère de Gaëdic Morvan, explique le commissaire. Pas une seule n'a osé témoigner. Elles avaient reçu des menaces si précises que chacune possédait un alibi parfait pour la fameuse soirée dont la jeune fille avait fini par livrer les détails à sa maman, avant de se suicider. Le pire, pour la malheureuse, ce ne fut pas juste l'abus sexuel, elle se souvenait davantage de ses copines qui assistaient à son humiliation, au garde-à-vous, sans bouger un petit doigt pour lui venir en aide, sans émettre la moindre parole pour supplier qu'on abrège ses souffrances. Elle avait été violée, en plus, elle avait perdu à jamais l'espoir et la foi dans l'amitié ; cela lui a sans doute fait plus de mal encore. Au su de ce récit, je suis allé au bout de ce que je pouvais entreprendre pour déstabiliser ces témoins passifs ; en pure perte…

— Personne n'a voulu parler par peur de représailles ! soupire Agnès en secouant la tête.

— Par la suite, il m'est arrivé de chercher à relancer le dossier, avec un tuyau sur cette affaire, mais personne ne voulait me suivre dans un pareil traquenard. Jusqu'à ce stage pour devenir commissaire divisionnaire. Je partais à Lyon ou Paris pour deux mois, abandonnant ma femme à chaque séjour. Vous connaissez le reste. Coincez ces salauds, Agnès, vous nous libérerez d'une partie de notre culpabilité ! Mais nous nous reprocherons, pour le restant de nos jours, le suicide d'une innocente victime que je n'ai pas su protéger, soutenir, comprendre dans sa véritable détresse.

Agnès se lève, perdue dans ses pensées ; elle regarde ses hôtes qui n'ont pas bougé. Manon, belle femme pour son âge, le visage défait par l'effort qu'elle vient de consentir, les mains encore tremblantes. Elle a sans doute forci, comme bien des femmes qui ont passé la cinquantaine, pourtant, Agnès devine combien elle devait être superbe, une dizaine d'années plus tôt, quand elle est tombée dans les griffes de l'infâme séducteur qu'est Maxime Lantier. Il n'a pas eu à se faire violence pour la prendre, un soir, tant elle correspondait à ses goûts… Et sa femme prenait des photos des ébats, sans le moindre scrupule ! Daniel Jourdan s'est approché de son épouse pour lui tenir la main, satisfait de la voir soulagée de son fardeau ; lui-même va pouvoir désormais se débarrasser de ce dossier qui lui brûle les doigts. Il se lève et demande à la policière de le suivre jusqu'à son bureau. Il ouvre un coffre et en sort une vieille chemise en carton dans laquelle se trouvent tous les renseignements glanés à l'époque, avant qu'il ne cesse définitivement son enquête pour ne pas porter préjudice à son épouse. Il regarde Agnès, l'air navré.

— Je dois vous décevoir, Commandant ! lâche-t-il en soufflant. Le superflic irréprochable qui s'aplatit devant des notables car ils font chanter sa femme, cela ne doit pas cadrer avec le portrait que vous aviez de moi. J'avais si peu de chances de réussir à les faire tomber que je me suis accommodé de cette solution, même si ce pénible fiasco hante souvent mes nuits…

— Juste une question, Commissaire, reprend Agnès, embarrassée, n'avez-vous jamais eu l'idée de vous venger de ces filles qui vous avaient lâché en pleine enquête ? De leur faire payer leur couardise au prix fort ? Finalement, toutes se sont accomplies, par la suite, sans la moindre pensée pour leur copine, sans une once de remords devant leur propre lâcheté, profitant peut-être même des largesses de Compan, de Lantier ou de Le Meur pour accomplir leurs projets professionnels…

— Vous me soupçonnez de ces crimes, Agnès ? balbutie le commissaire, oscillant entre hébétude et indignation. Je suis un serviteur de la loi, Commandant ! Je la sers parfois mal, mais jamais je ne franchirai le fossé qui sépare les défenseurs de l'ordre, enquêteurs ou magistrats, des truands et des criminels !

— C'était juste une interrogation, par acquit de conscience… Je ferai bon usage de ces documents, je vous le promets ! Pour la mémoire de Gaëdic Morvan et pour laver votre épouse de cette ignominie ! Je suis venue pour arrêter un criminel, je me trouve en face d'un justicier et de notables qui se croient tout permis, ce n'est pas grave, je sais m'adapter. Quand j'étais enfant, j'ai toujours aimé les ricochets…

— Oh, un dernier détail, Agnès, une personne a suivi cette affaire de près, car plusieurs de ses clients en furent les protagonistes et certainement les victimes aujourd'hui : le docteur Brigitte Beauvais, une psy, une femme remarquable. Mon épouse a suivi une thérapie avec elle, cela l'a aidée à me confier sa souffrance. Je ne saurais trop vous conseiller de la rencontrer ; même si elle ne peut révéler les confidences de ses patients, car tenue par le secret médical, elle vous apprendra certainement des détails intéressants que vous ignorez à ce jour…

— Merci du conseil, je le suivrai ! Mon urgence, dès demain matin, sera de dialoguer avec Grace Miller, l'une des deux dernières protagonistes de la fameuse soirée où tout a dérapé, car il semble que la médiatique Laurence Lemaire pouvait aussi se trouver présente. Qu'elle m'explique enfin pourquoi aucune de ces filles n'est intervenue pour porter secours à leur copine ou prévenir la police… Et pourquoi elles n'en ont jamais parlé par la suite alors que certaines d'entre elles occupent des positions qui leur permettent de rétablir un bout de justice sans trop craindre les retours de manivelle… Le pire c'est qu'elles se sont certainement retrouvées pour en discuter entre elles, depuis lors ! J'ai bigrement envie de la secouer pour lui réveiller la mémoire ! Merci pour la soirée, Commissaire. Manon, je peux vous embrasser ?

*

Aux abords de l'île de Fedrun, à l'une des entrées du parc de la Brière, un chaland fend la nuit et l'eau calme d'un étang, entre tourbières et roseaux, sous la lumière blafarde d'une pleine lune. Quelques timides rayons éclairent son avancée dans ces marais recelant tant de légendes et de mystères. Autrefois, les gens d'ici puisaient des eaux la nourriture pour survivre et la tourbe pour se chauffer. Avec les roseaux, ils couvraient les habitations. Ainsi s'était constitué un microsystème qui disparaît lentement de nos jours, malgré la création du parc naturel régional chargé de protéger le patrimoine.

Les perches s'appuient sur le fond pour faire avancer l'embarcation vers le milieu du labyrinthe. À bord, deux hommes et un ballot à leurs pieds, qui remue en permanence. Pour le calmer, l'un des types lui adresse parfois un violent coup de pied. Lorsqu'ils considèrent qu'ils sont suffisamment loin de la rive, ils cessent leur effort et pointent leur lampe vers leur prisonnier au visage déjà bien amoché. Ils le soulèvent pour le regarder une dernière fois. Ils lui attachent de lourds moellons aux chevilles, à hauteur de la ceinture et au cou. Ils enlèvent le bout de chiffon qui lui entrave la bouche. Nu comme un ver dans le froid de la nuit, celui-ci tremble comme une feuille morte dans le frimas de l'hiver, à moins que ce ne soit à cause de la peur de mourir, car il sait le destin qui l'attend.

— Je vous en prie, ne me faites pas de mal, j'ai compris la leçon ! bredouille-t-il dans un dernier effort. Mon père peut tout arranger, vous le savez bien, et puis que me reprochez-vous au juste ? D'abord, pour qui travaillez-vous, je ne vous connais pas, je ne vous ai jamais vus par ici et pourtant, je fréquente tous les milieux glauques de la ville.

— Ton père ne peut plus rien pour toi, Alexandre ! assène l'un des gars en tapotant la joue du jeune homme. Tu es allé trop loin en allumant la policière. Alors, c'est avec cette petite queue que tu séduisais les bourgeoises de la ville ? Elles se contentaient de peu, vraiment ! Si tu veux mon avis, tu en racontais plus que tu en faisais, comme le pêcheur dont la taille de la prise augmente régulièrement quand il la raconte à ses potes au café du Commerce… En plus, les gonzesses que tu levais, ton paternel les avait payées pour te calmer, j'en suis sûr ! Bon, tu es prêt pour le grand saut, le gigolo ?

— Non, pitié, vous n'allez pas me faire cela ! Je vous promets que…

— Je ne le crois pas, il est en train de se pisser dessus, le fils à papa ! Quelle femmelette !

Un cri strident, quelques vagues et des glouglous qui diminuent à mesure que le corps s'enfonce dans l'eau. Puis plus rien. L'un des gars propose à l'autre de ne pas moisir sur les lieux de leur forfait et tous deux manœuvrent pour retourner à leur point de départ.

L'un s'inquiète de savoir la profondeur de l'étang. L'autre pense qu'à cet endroit, il doit bien y avoir deux mètres ; c'est suffisant pour qu'on ne retrouve pas le corps de sitôt ! Au prochain curage, dans quelques années, pas avant…

*

Un peu plus au nord, un Range Rover fonce sur la voie express en direction de Vannes. Juste un coup de frein à hauteur des radars automatiques. Corentin le Meur dit à son fils Arnaud qui se trouve au volant, de se dépêcher. La nuit n'est pas finie. Il regarde sa montre, bientôt 22 heures, ils ont un peu de retard. À ses côtés, Maxime et Anne Lantier réclament des explications ; en vain ! Ils ont ouvert leurs coffres-forts et laissé leur associé emporter tous les documents ainsi que l'argent liquide. Corentin a découvert avec étonnement des photos de la femme du commissaire divisionnaire dans son plus simple appareil ; cela n'était pas prévu dans leur pêche miraculeuse. Maxime a dû s'expliquer et révéler le plan d'Anne pour que le chef de la police cesse de chercher des poux à son père, Roger Compan. Le chantage avait parfaitement marché, le grand flic ne la ramenait plus pour ne pas porter tort à son épouse. En rangeant les clichés, Corentin Le Meur avait esquissé un rictus satisfait ; ces documents s'avéreraient peut-être utiles, au cas où…

Les Lantier pensaient que leur punition s'arrêterait là quand Corentin leur a demandé d'enfiler des chaussures pour une petite balade nocturne. Ils ont voulu prendre des vestes et des manteaux, Quentin leur a dit que là où ils allaient, ce n'était pas nécessaire, ils seraient habillés pour l'hiver. Maxime a cherché à se regimber, le motard l'a rappelé à l'ordre de manière violente. Il en porte encore les stigmates sur le visage : une lèvre fendue et un nez en sang, peut-être même cassé.

Anne a demandé à Corentin ce qui allait leur arriver, l'autre n'a pas répondu, exigeant seulement de récupérer les clés de la maison avant de leur ordonner de grimper dans le Range Rover. Le véhicule quitte la voie express pour s'enfiler entre deux chicanes rouges et blanches sur une portion de chaussée en construction. Elle n'est d'ailleurs pas goudronnée sur toute la longueur et au bout d'un kilomètre environ, les nids-de-poule du chemin rendent l'avancée plus chaotique.

— Déconne pas, Corentin, on est potes, cela ne rime à rien ! lance Maxime en regardant son associé, imperturbable à ses côtés. Je te jure, Anne a tout manigancé, je n'y suis pour rien !

— Je veux juste vous donner une bonne leçon, dans un endroit tranquille, pour être certain que vous ne chercherez pas à nouveau à m'entuber, à l'avenir !

— J'ai compris, vieux, je te promets, cela ne se reproduira plus ! se repend le promoteur.

— Je sais ! ponctue Corentin Le Meur.

*

Cela fait plusieurs kilomètres que le Range Rover parcourt le chemin de terre creusé par les engins de travaux publics. On arrive au niveau d'un ouvrage d'art en construction. Devant eux, une voiture est arrêtée et quatre gars attendent, appuyés sur la carrosserie, les bras croisés. Arnaud coupe le moteur ; Corentin lance : « Terminus, tout le monde descend ! » Les fils sautent les premiers, puis le père, puis Maxime, enfin Anne empêtrée dans sa jupe droite et mal à l'aise dans ses escarpins vernis. Elle manque de trébucher, Quentin la soutient et la conduit vers la pile du pont. Là, en voyant des seaux à ses pieds, Maxime comprend. Il a entendu parler de rivaux de son associé finissant leur existence dans le béton pour avoir voulu le blouser ; bien sûr, il s'agissait de rumeurs que Corentin n'a jamais confirmées ! Qu'il n'a jamais démenties non plus…

Perdu pour perdu, le promoteur tente de s'enfuir en courant de l'autre côté de la voie. Un coup de feu claque, il crie, puis s'effondre, touché à la cuisse. Il pisse le sang, deux gars viennent le saisir sans ménagement par les épaules et le traînent jusqu'aux seaux. Ils lui ôtent ses chaussures, puis ses chaussettes, avant de placer ses pieds dans les récipients, alors que leurs collègues attendent un ordre pour vider le contenu d'un bac de ciment.

— La prise est rapide, tu verras ! lance Corentin, sarcastique. Je ne vais pas t'apprendre la composition des matériaux, tu connais cela par cœur ! Ce béton est spécial, on peut éventuellement le casser après ! Foutez-le complètement à poil, les gars, je veux voir les frissons sur sa peau ! D'ailleurs, à la maison, ce n'est pas lui qui portait la culotte, non plus. Et tenez-le, sinon, il va se casser la gueule !

— Non, Corentin, tu ne peux pas me faire cela, en souvenir de toutes ces années ! Pitié, Corentin, pitié ! Je ne savais rien, je te le jure, je ne savais rien ! Et s'il faut s'occuper de Laurence Lemaire, je m'en occupe moi-même cette nuit, pour te prouver ma loyauté ! Ne fais pas le con, Corentin, merde ! On ne va pas foutre en l'air une amitié de près de cinquante ans pour une connerie stupide ! Allez, dis-leur d'arrêter, j'ai eu bien peur, j'ai compris le message, cela ne se reproduira pas, la leçon me servira à l'avenir, crois-moi !

— Allez-y, balancez le ciment dans les seaux !

— Non, vous n'allez pas me faire ça, arrêtez, merde ! Corentin, dis-leur que c'est une blague, une leçon pour que je reprenne l'autorité sur elle ! Je te promets, elle va filer droit, désormais, et son père aussi, je m'en occuperai personnellement, je te le jure !

Son ancien pote se dirige déjà vers Anne, droite, tête basse, tremblant de froid et de peur avec son chemisier rose pastel et sa jupe crème à fines rayures rouges. Comme on destitue un militaire en le dépouillant de ses galons, Corentin débarrasse Anne Lantier de ses boucles d'oreilles, de son collier de perles de culture, de son bracelet en or et de sa montre suisse. Il lui relève la tête pour la foudroyer d'un regard jubilatoire, accompagné d'une mimique satisfaite. Il appelle ses fils, demande à Arnaud d'approcher les seaux et à Quentin d'enlever les escarpins de sa marraine. Le benjamin s'exécute de bonne grâce, trop heureux de donner une leçon à cette mégère ; il ne l'a jamais aimée et elle le lui a toujours rendu. Jamais un cadeau, jamais une parole de félicitations, jamais un compliment ! Il s'accroupit, elle lève un pied, il ôte la chaussure, puis recommence avec l'autre pied. Le père lui explique que le ciment ne prend pas aussi bien sur les bas. Quentin se redresse, retrousse la jupe droite jusqu'à la taille pour constater qu'Anne porte un collant. Tout en le faisant glisser le long des cuisses, il ne peut s'empêcher d'admirer ses jambes encore fines, avant de l'apostropher :

— Imagine-toi, Marraine, que si ton fils t'avait croisée dans un bar, il aurait pu craquer devant toi et faire une exception, en se payant une quinqua bien conservée au milieu des quadragénaires en rut ! Je crois que ce qui importait pour lui, c'était davantage la jouissance de voir vaciller une bourgeoise coincée que l'acte sexuel par lui-même… Tu en as fait un taré de ton gamin, à force de le couver pour qu'il ne tourne pas comme son père ou comme nous, Arnaud et moi, les mauvais exemples, les sales mômes ! Je crois pourtant, à ce moment précis, que je comprends ce qu'il ressent devant une bourge qui mouille, en te forçant à te soumettre. Tu ne dis rien, je t'ai connue plus loquace, ma vieille, lorsque tu me promettais qu'un jour cela finirait mal pour moi, avec mes courses de moto. Allez, lève la patte, la chienne !

Anne s'exécute, totalement résignée, tentant juste de ramener sa jupe pour cacher son slip blanc, dans un sursaut de dignité. Arnaud vide lui-même le contenu du bac de ciment dans chaque récipient, emprisonnant la victime jusqu'aux chevilles. La malheureuse est pathétique, avec ses pieds de béton, ses jambes nues, son chemisier ouvert, sa chevelure hirsute et ses yeux qui quêtent un hypothétique pardon dans ceux de ses bourreaux. Un peu plus loin, Maxime, toujours tenu par deux gars, geint en cherchant à se tenir la cuisse. Le sang gicle en abondance pour se mélanger à la poussière de la chaussée. Lui aussi sait que tout est fini. Pourtant, une lueur d'espoir pointe à nouveau lorsque Corentin reprend la parole en fixant Anne :

— Je vous ai dit que ce ciment pouvait se casser ! explique-t-il en caressant d'un doigt la joue de la prisonnière. Il vous reste donc une chance de vous en sortir, tous les deux ! Il te suffit, Anne, de me balancer les membres du réseau de ton père et je pourrais me montrer clément. J'aurais besoin de connaître également les numéros de tes comptes personnels sur lesquels tu versais les sommes que tu détournais de tes sociétés. Avec les codes confidentiels pour y accéder depuis ton ordinateur à la maison ! Tu vois, peu de chose, en fait. Les c… de ton père sur un plateau et vous deux à poil pour le restant de vos jours, comme Maxime, ce soir ! Tu balances tes complices, tu sauves ta peau, sale harpie ; tu continues de la boucler et vous finissez, ton mari et toi, au fond du trou où la bétonneuse vous recouvrira à jamais d'un manteau solide...

— Accouche, Anne, par pitié ! beugle Maxime en cherchant à se retourner. Dis-lui ce qu'il veut entendre, putain ! On ne va pas crever pour du pognon ou pour protéger ce vieux salaud qui nous a foutus dans la merde et continue de nous enfoncer la tête dedans !

Corentin s'est approché un peu plus d'Anne, au point de la coller. Elle ne lui a jamais suscité le moindre désir, mais de la sentir soumise, cela l'excite. Comme son fils peu avant. Il la voit déglutir, réfléchissant aux conséquences de ses paroles pour les siens. Corentin a toujours détesté le père Compan, homme d'affaires lui aussi, mais de l'ancienne génération, encore plus vicelard, à bien y réfléchir. Tous les tours de passe-passe étaient permis, pas les crimes de sang. Cela faisait partie de leur code de conduite.

Anne est aux abois. Si elle révèle ses appuis, Corentin va s'acharner sur chacun d'eux jusqu'à les ruiner, en les punissant selon leur propre méthode ! Son père ne le supportera jamais et si elle s'en sort, elle ne pourra plus se regarder dans un miroir. Trop honteuse de la bassesse de son acte de sauvetage. D'un autre côté, elle ne veut pas mourir et Max hurle pour l'inciter à coopérer. Corentin recule de deux pas pour déboutonner le chemisier qui flotte à présent à la bise du soir. Quentin, resté derrière le dos de sa marraine, le saisit par les épaules pour dévêtir la captive, avant de soulever sa chevelure pour lui poser un baiser dans le cou. Corentin émet un ricanement sardonique en passant le dos de son doigt entre ses seins remontés et rapprochés par les balconnets. Il fixe les yeux de sa proie pour asseoir sa domination définitive ; l'issue est proche. Anne baisse les yeux, elle se décide à parler, Arnaud note les noms sur un carnet. Une douzaine de notables, sans parler du frère et du beau-frère d'Anne, de la sœur de son père et de deux oncles, eux aussi dans les affaires.

Anne le sait, lorsque Corentin s'attaquera à leur patrimoine, il ne leur laissera rien. Il l'a déjà vu pratiquer avec des adversaires désireux de lui résister, il ne leur a fait aucun cadeau, les a mis sur la paille sans le moindre état d'âme. Une fois ce calvaire passé, par honte d'elle-même, elle partira loin, avec l'argent qu'elle a mis de côté.

— Et le numéro de ton compte, ma chérie ? Tu allais oublier l'essentiel. Je suis convaincu que tu le connais par cœur…

Il la tient par les épaules, elle sent son haleine d'hyène sur son visage. Elle hésite, elle finit par balancer un numéro et un code confidentiel. Arnaud saisit son téléphone et appelle sa jeune sœur Julie qui se trouve chez les Lantier. « Le jeu de clés, c'était donc pour elle, pour accéder à l'ordinateur ! », songe Anne, vexée du piège grossier. Le numéro est exact, pas le code. Corentin saisit Anne par le menton pendant que Quentin lui bloque les bras. Une gifle part, puis une seconde ; seule la chevelure bouge. Puis le sang coule du nez.

— Tu n'aurais pas dû jouer à cela avec moi, sale garce ! J'ai horreur qu'on me prenne pour un charlot, surtout une vieille peau de ton espèce ! Balancez-le dans le trou, les gars, cela apprendra à sa femme de me balader de la sorte. Quentin, appelle le camion, je le veux rapidement ici ! On va classer cette histoire dans les plus brefs délais !

Les quatre gars empoignent Maxime et le balancent à trois reprises pour donner de l'élan au corps, avant de le lâcher dans les fondations profondes de la pile du pont. Le récipient explose, le ciment un peu aussi, mais le malheureux ne possède aucune chance de sortir. Il beugle de plus en plus fort. Anne fournit un second code confidentiel, en suppliant Corentin d'aider son mari à sortir du trou. Son interlocuteur ne bronche pas. Il la fixe longuement, fournit l'indication à sa fille et attend un moment en scrutant la femme de son ancien copain, de plus en plus pitoyable. Cette fois, c'est la bonne combinaison selon Julie qui opère comme il le lui a été demandé pour basculer la somme sur un autre compte. C'est fini, Anne n'a plus rien, ni mari, ni fortune, ni honneur. Juste la vie sauve. Pour faire quoi ? Corentin lui tapote la joue, il est satisfait. Il savait qu'elle n'avait pas les tripes pour lui tenir tête très longtemps. Elle est décomposée, les cheveux en bataille, le regard vitreux, les lèvres tremblantes, rougies par le raisiné de l'hémorragie nasale. Elle est vaincue, dominée, soumise, détruite. Humiliation suprême pour une femme dans laquelle coule du sang des Compan.

— Un petit souvenir pour ta tribu de salopards ! assène Corentin en prenant une photo en pied de sa rivale, à la posture si ridicule. Histoire de leur dire à qui ils doivent leur infortune…

— Un jour, tu me paieras cette humiliation, je te le jure !

— Cela m'étonnerait franchement beaucoup ! ricane Corentin en consultant sa montre. On a encore pris du retard, les enfants ! Vous, les gars, vous restez ici attendre le camion de béton. Et vous débarrassez le terrain de ces taches de sang, on n'est jamais trop prudent avec les méthodes modernes des flics ! Arnaud et Quentin, vous filez à votre rendez-vous ; au passage, vous me laissez à ma voiture à Rezé, j'ai encore une course à faire !

— Et la pétasse, on en fait quoi ? questionne l'un des sbires en s'approchant d'Anne qui manque de tomber en cherchant à bouger ses jambes.

— La vipère, vous la balancez aussi dans le trou !

— Non, Corentin, supplie Anne dans un ultime sursaut, tu m'avais promis que si je parlais…

— Si cela vous chante de vous amuser auparavant avec elle, je ne vois aucun inconvénient, mais faites cela proprement ! coupe le caïd en fixant une dernière fois sa rivale. Je ne parle pas d'elle, je parle du périmètre. De toute manière, personne ne les retrouvera jamais ici, une fois que le béton sera coulé. Ah, Arnaud, tu as les enveloppes pour les gars ? N'oublie pas le chauffeur de la bétonnière. Adieu Maxime, désolé que cela se termine ainsi, mais tu ne m'as pas laissé le choix ! Je t'avais conseillé de lui mettre une muselière à ta bourgeoise, tu n'as jamais voulu m'écouter ! Merci de m'avoir offert ton père et ta famille, Anne, je vais prendre infiniment de plaisir à saper les bases de leur empire indestructible. Si tu te voyais, vieille sorcière, quelle issue lamentable pour une Compan !

*

Lorsque Julien Fontaine rentre à son appartement, il ne peut échapper à la nécessité de fournir une explication solide à sa collègue. Il tente de tourner autour du pot avant de révéler qu'il suit une autre piste, encore plus dangereuse, qui nécessite beaucoup de discrétion. Annabelle n'accepte pas de se trouver ainsi écartée de possibles investigations. Julien n'en démord pas, il ne peut rien dire pour ne pas la mettre en danger.

— Je suis passé devant chez toi, j'ai vu deux motards qui semblaient t'attendre, dont une fille, explique-t-il pour changer de conversation. Ne fréquente plus ces jeunes qui sont aux ordres de Le Meur ! Trop de présomptions concourent à le désigner comme la tête de ces réseaux mafieux, nous sommes fatalement dans son collimateur ! Je ne tiens pas à apprendre un matin que, durant la nuit, tu as fait un grand plongeon du pont de Cheviré. Ce n'est pas que je sois amoureux de toi, mais je commençais juste à m'habituer à tes tenues de cuir et tes odeurs de mec. Pas ce soir, tu es superbe en nuisette et tu sens bon après le bain.

— Espèce de macho ! réplique-t-elle en lui lançant un coussin dans le nez, avant de plonger sur son collègue pour succomber à ses caresses. C'est vrai, j'aime les mecs qui bousculent les nanas, les machos avec des gros muscles et des pratiques de rustre. Si tu savais comme l'attente m'a paru interminable ! Ne me fais plus jamais languir de la sorte !

— Tu veux les menottes et le fouet ? interroge Julien en caressant les cuisses musclées de sa collègue. Et les fessées, tu dois adorer les fessées, chienne de motarde…

— Pas tout de suite, on se connaît à peine ! rétorque Annabelle en se redressant, pointant vers le nez du policier ses tétons arrogants. Mais dans quelques semaines, je ne dis pas… Ne fais pas cette tête, je plaisante ! Détends-toi, ici, je ne risque rien, tu me protèges ! Et puis je suis une grande fille, quand même !

*

Il est bientôt minuit, dans un quartier résidentiel d'Orvault, lorsque Laurence Lemaire rentre chez elle après une soirée promotionnelle en ville. Ce style de réception lui permet de constater que sa réputation est à son faîte après près de quinze années passées à l'antenne de la chaîne régionale et que son pouvoir de séduction, lui aussi, est intact, à 45 ans. Elle ne regrette pas d'avoir quitté la capitale et sa vie frelatée. Ici, elle dure. La pratique quotidienne de mouvements de gymnastique, conjuguée aux longueurs de piscine qu'elle s'impose tous les deux jours, a modelé un corps parfait qui conserve sa silhouette de jeune fille sportive et sexy. Seule sa chevelure évolue au fil des années, coupe courte ou plus longue selon les saisons, raide ou frisée, selon l'inspiration de sa coiffeuse…

Elle a rangé son coupé sport dans le garage de son pavillon et s'étonne, en montant l'escalier qui conduit du sous-sol au rez-de-chaussée, de constater un rai de lumière sous la porte. Cela arrive parfois, lorsque Max vient la rejoindre, seulement jamais il ne s'échappe de chez lui le mercredi. Elle se dit qu'il doit avoir un souci important à lui confier ; cela arrive parfois. Elle accroche son sac et son boléro à la patère du couloir, se débarrasse de son foulard de soie, repositionne sa longue robe en voile de coton à fines bretelles et se présente dans le salon.

Elle pousse un bref cri d'épouvante en découvrant Corentin Le Meur, avant de se ressaisir pour lui demander comment il est entré chez elle. Elle ne reçoit pas de réponse. Pour plus de sécurité, elle reste debout de l'autre côté de la banque qui sépare le couloir du salon, prête à déguerpir si les intentions du visiteur ne sont pas honnêtes. Elle regarde sur ses côtés, il est venu seul, cela la soulage quelque peu. Comme il a horreur de se salir les mains, quand il veut punir un esprit retors, il se fait accompagner de sbires violents. Du moins, c'est ce qu'en dit Maxime.

— Bonsoir Laurence, commence le PDG de sa voix grave, je suis désolé de vous importuner à une heure aussi tardive et ce n'est hélas pas pour une bonne nouvelle ! Maxime a été éliminé par des adversaires, ce soir. C'est ainsi que je suis en possession de votre trousseau de clés. Comme vous n'arriviez pas et que je lanternais dans ma voiture, je me suis permis d'entrer.

— Ce n'est pas possible, comment cela s'est-il passé ? interroge l'animatrice en se servant un verre de scotch – comme si elle n'avait pas déjà assez bu de champagne durant la soirée – avant de s'affaler dans un fauteuil, sans se soucier de froisser sa superbe robe. Quand j'ai vu de la lumière, j'ai compris qu'il se passait quelque chose d'anormal, ce n'est pas le soir de ses visites. Si j'avais pu m'attendre à une nouvelle aussi atroce ! Sa femme est au courant ?

— Elle se trouvait avec lui quand cela s'est passé ; elle est morte, elle aussi ! déclare Corentin en affichant une mine de circonstance. C'est une véritable tragédie ! Se sentait-il menacé, ces derniers jours ?

— Non, je ne pense pas ! En fait, un jeune policier est venu me poser des questions sur mon passé, sur mon amant, sur ses relations. J'ai rassuré Maxime par téléphone en lui promettant d'avoir livré un minimum de renseignements, des informations banales, pour apaiser la curiosité de ce lieutenant sans mettre vos intérêts en péril. Cela semblait le contrarier, j'espère que ce n'est pas la cause de sa mort… Je sais que vos affaires débordent parfois de la limite de la légalité, je ne suis pas née de la dernière pluie ! D'un autre côté, dans une ville comme Nantes ou une autre de même importance, il est difficile de faire du business en jouant les vertueux, le marché ressemblant à un bassin de requins. C'est vraiment affreux ce que vous venez de m'apprendre !

Elle parle, Corentin la jauge, analysant chacun de ses mots, chacun de ses gestes, chacune de ses réactions, de ses intonations. Elle joue distraitement avec les coquillages d'un collier plus décoratif que de réelle valeur qui orne un buste large et bronzé. En contemplant Laurence, Corentin comprend aisément comment son pote a pu tomber raide amoureux d'une telle beauté. D'un geste de la tête ou parfois du bout du doigt, elle ramène une mèche qui vient masquer l'un de ses superbes yeux noisette. Plus tard, elle joue avec le bas de sa robe qu'elle s'amuse, sans même le remarquer, à faire passer dessus ou dessous son genou. Elle semblait déjà dans un état presque second en revenant chez elle, la nouvelle de la mort de son amant, loin de la dégriser, l'agite encore plus. Et le scotch aussi, certainement, dont elle vient d'accepter une nouvelle ration. Elle raconte les moments passés auprès de

Maxime, comme on part à la pêche aux souvenirs ; les plus importants ne remontent pas toujours les premiers à la surface. Si Anne Lantier préméditait ses actes avec perfidie, Laurence Lemaire vit au jour le jour, satisfaite de sa gloire locale, de son train de vie confortable, de l'émotion fébrile que sa présence suscite toujours dans les réceptions mondaines et de l'amour que lui offrait Maxime, sans exigence d'exclusivité. Elle s'arrête de parler, Corentin en profite pour lui demander l'autorisation d'aller se servir à son tour un whisky. Pour se remettre de ses émotions, lui aussi. Laurence s'excuse de ne pas lui en avoir proposé. À la faveur d'un éclair de lucidité, elle lui demande comment il a appris la mort de Max. Il prend le temps de humer son pur malt après l'avoir fait tournoyer dans le verre, de venir s'asseoir auprès d'elle avant de répondre :

— J'étais avec eux ! annonce-t-il en la fixant longuement. En fait, j'ai donné l'ordre de les éliminer ! Anne Lantier m'avait trahi et Max m'avait caché qu'un policier vous avait interrogée. Je suis convaincu que vous n'avez rien dit d'important, j'ai seulement regretté que mon meilleur ami m'ait dissimulé un détail aussi crucial alors que nous passons une période de turbulences.

— Et vous êtes venu ici pour m'éliminer à mon tour ? balbutie l'animatrice en se recroquevillant dans le coin du canapé. Je vous en prie, Corentin, je vous jure que je n'ai rien dit !

— Rassure-toi, Laurence, je te crois, j'en suis même convaincu ! assure le PDG, la tutoyant soudain, après avoir placé la paume de sa main sur le genou nu de la présentatrice, avant de marquer plus fortement son emprise physique et morale en l'avançant sur la cuisse, sous le voile de la robe, et en serrant un peu plus fort. Tu es une fille intelligente, tu ne vas pas tuer la poule aux œufs d'or ! Si je claquais dans mes doigts, tu virerais illico de la télé pour laisser ta place à une jeune prétendante, tu le sais bien. Le monde de la télé aime les nouvelles têtes, et surtout les corps jeunes, la chair fraîche.

— Vous savez, la télé régionale n'est pas soumise aux mêmes règles que les grandes chaînes à Paris.

— Tu crois réellement que, sans notre insistance, tu serais toujours à l'antenne. Ma pauvre fille, tu as 45 ans, l'aurais-tu oublié ? Et ton physique porte les stigmates des décennies passées, que tu l'acceptes ou non. Tu vois, bien des meubles, des objets que tu possèdes, tu les as achetés avec l'argent que t'attribuait Max et sur lequel tu n'as jamais craché. Bien sûr, puisque nous étions associés, j'étais au courant de cet investissement à fond perdu, et je ne m'y suis jamais opposé. Tu vois, même cette superbe robe de grand prix, j'imagine que tu as pu te l'offrir uniquement grâce à notre manne financière…

— Qu'attendez-vous de moi ? interroge timidement Laurence, les mains croisées sur son bas-ventre, pour éviter à la main de son visiteur d'aller plus loin sur sa cuisse, craintive d'entendre une réponse qui la contraindrait. Vous désirez que je vous restitue une partie des sommes d'argent ou des objets ?

— En fait, officiellement, Maxime et Anne ne sont pas morts, ils sont partis en voyage, coupe Corentin en s'approchant de son interlocutrice. D'ailleurs, ton amant t'en avait parlé de ce projet de voyage vers les Antilles ou l'Afrique, peut-être même en compagnie d'Alexandre, leur fils, s'ils parvenaient à le convaincre de les accompagner. Une escapade qui risquait de durer plusieurs mois, même. Voilà ce que tu devras expliquer aux flics avec suffisamment de persuasion pour qu'ils avalent ton bobard, ma grande ! Ta vie tient aujourd'hui uniquement à ta capacité d'embarquer le commandant Agnès Delacour sur cette piste. Tu réussis, tu vivras et rien ne changera dans ton train de vie, je te le promets ! Tu échoues, tu me vends, tu balances des absurdités sur mon compte, il ne se trouvera pas un endroit sur la planète où tu échapperas à ma vengeance ! Je suis certain que tu piges cela, ma grande, tu n'es pas idiote…

Laurence ne répond pas, son regard se perd dans le vide, une larme coule sur sa joue, elle se recroqueville un peu plus sur elle-même, les bras toujours croisés sous sa poitrine.

Corentin a sifflé la dernière gorgée de scotch et se rend à la cuisine voisine pour laver le verre, avant de l'essuyer méticuleusement et de le replacer sur l'étagère.

Il regarde l'animatrice, immobile et prostrée, incapable d'articuler une syllabe ou de bouger un muscle. Elle se sait sur une corde raide en face d'un homme qui ne recule pas devant l'horreur. Maxime avait un cœur, on pouvait le raisonner, pas Corentin Le Meur !

Il s'est avancé derrière elle et passe ses mains autour d'un cou à peine marqué par la quarantaine passée. Elle tressaille sur le moment, puis se crispe. Les doigts se baladent sous son menton, viennent serrer le lobe d'une oreille, descendent dans le décolleté sans atteindre les seins. Elle n'ose pas bouger, à peine respirer.

— Dans le bon ordre de notre société, il y a les chefs et ceux qui obéissent ! lance le PDG d'une voix fataliste, comme s'il s'agissait d'une évidence. Il existe aussi ceux qui n'obéissent pas, leur durée de vie est très limitée ! Il y a ceux qui feignent d'obéir et qui trahissent, attitude suicidaire ; mes adversaires, je les respecte, les traîtres, je les exècre ! Ne me déçois pas, Laurence, c'est le conseil que je peux te donner ! Parle-moi de cette période de ta jeunesse où tu es venue louer une chambre d'une maison bourgeoise occupée par cinq autres filles…

— Pourquoi vous parler de cette période ? Je ne vois pas le rapport ! bredouille l'animatrice en cherchant à tourner la tête. C'est de l'histoire ancienne, non ?

— Ne m'agace pas, Laurence, avec tes tergiversations de fausse sourde ou de pseudo-débile mentale ! menace le PDG en serrant un peu plus fort le cou tendre jusqu'à sentir sous ses doigts la carotide de l'animatrice. Raconte-moi ce que tu sais, ne me force pas à te brutaliser pour obtenir les renseignements que je désire ! Je te préviens amicalement, c'est la dernière fois que je répète ma question avant de m'énerver, parle-moi de cette époque, ou je t'inflige une punition dont tu te souviendras longtemps ! De celles qui ne priveront pas les téléspectateurs de ton sourire et de ta belle gueule, plutôt de celles qui abîmeront les parties de ton corps dont tu réserves la vision à tes amants. Tu vois ce que je veux dire ? Alors, accouche, en vitesse !

Laurence Lemaire plonge lentement dans cette page confuse de son existence. Elle venait de quitter le lycée et, après avoir bien figuré dans un concours de beauté et tenté de se faire une place dans le monde de la mode, en qualité de mannequin, elle avait quitté sa Bourgogne natale pour venir à Nantes où elle avait décroché une place d'hôtesse à la télévision régionale. Un emploi peu payé qui nécessitait de trouver un logement à peu de frais. Elle avait rencontré une fille, Clémence Abidal, qui lui avait expliqué que là où elle logeait, dans une maison occupée par six filles, une place venait de se libérer. Elle l'avait acceptée et découvert que ses colocataires, quand elles ne pouvaient payer leur loyer dans les délais, devaient se prostituer pour le propriétaire du lieu, un certain Roger Compan. Parfois, elles s'offraient aussi, spontanément, pour glaner un peu d'argent de poche facile…

C'est ainsi que, plus tard, après son mariage avec Anne Compan, Maxime avait découvert les drames sociaux qui se déroulaient dans la maison et s'y était opposé très vite.

Peu après, elle avait appris de la décoratrice Clémence Abidal que la fille à qui elle avait succédé, en peine de boucler sa fin de mois, avait refusé de se plier aux exigences du propriétaire. Quatre gars étaient venus un soir pour la prendre. Ils l'avaient dévêtue, l'avaient forcée à boire le contenu d'une bouteille de cognac, lui avaient ficelé poignets et chevilles et ils avaient abusé d'elle durant toute la nuit ! Ensuite, ils avaient promis aux six filles, la victime et les cinq autres, qui étaient restées totalement pétrifiées dans la maison, incapables de réagir pour défendre leur copine, une punition exemplaire si l'une d'entre elles prévenait la police ou évoquait simplement l'incident autour d'elles.

C'était devenu leur secret, un tabou qui n'avait jamais quitté le cercle dont Laurence était alors devenue membre, à son corps défendant.

— Et tu connais le nom de cette fille ? questionne Corentin qui est revenu s'asseoir auprès de la présentatrice. Ce ne serait pas Delacour, par hasard ?

— Je l'ignore totalement ! soupire Laurence en secouant la tête. Demande à Grace, elle est la dernière survivante parmi les cinq filles qui ont assisté au viol sans bouger, ce que je n'ai jamais compris ! Comment peut-on être témoin d'un acte aussi odieux sans au moins tenter une action ? Et sans aller ensuite révéler à la police ce qui s'est passé...

— Grace Miller a assisté à cette scène ? s'étouffe le PDG en serrant machinalement les épaules de Laurence. Elle m'a certifié avoir remplacé Karen dans l'un des lits de la chambre, quand celle-ci était montée sur Paris pour sa carrière de chanteuse.

— Elle vous a menti, elle était présente ! confirme l'animatrice. Peut-être a-t-elle voulu réagir et a été arrêtée par ses copines, ce qui expliquerait qu'elle se venge à présent... Après tout, elle n'a aucune raison de se vanter de sa couardise, ce n'est pas glorieux pour une femme de sa trempe, de laisser une innocente victime se faire violenter sans lever le petit doigt ! C'est elle, j'en suis certaine, profitant de la protection que vous lui accordez en la faisant travailler près de vous. D'un autre côté, à la place de l'une de ces filles, je ne sais pas comment j'aurais réagi, même si je suis dotée d'un caractère plus impulsif...

— Je peux seulement te promettre que le père Compan et ses acolytes vont payer cher leur geste, avec les intérêts, depuis le temps ! promet Corentin Le Meur. Les affaires à l'ancienne, sans crime de sang, osaient-ils prétendre ! Quelle belle blague ! Ce code d'honneur ne les empêchait pas de prendre leur pied avec des gamines innocentes et sans défense ! Je magouille en affaires, j'utilise des méthodes illégales pour me faire comprendre, je peux même éliminer des adversaires embarrassants, jamais je ne toucherais à plus faible que moi ! Profiter de sa supériorité pour écraser et humilier de pauvres filles, je trouve cela lamentable !

— Maxime disait la même chose, murmure Laurence en cherchant à se lever. Jamais il ne m'aurait prise de force, ni une autre d'ailleurs ! Vous possédiez en commun cette règle de conduite qui vous honore. Vous pensez que je ne risque rien ? Je ne parle pas de vous, je vous fais confiance et vous savez que je serai une tombe ; je pense à ce criminel qui rôde autour de nous.

— Dès demain matin, Grace va devoir me fournir des explications sur son passé ! gronde Corentin en gratifiant Laurence d'un baisemain. Je saurai si elle est la responsable de ce carnage ! Je pense plutôt qu'il s'agit d'Agnès Delacour, la patronne de l'enquête, ce qui explique sa pugnacité, même si elle est plus jeune que vous toutes. Sans doute la victime était-elle sa grande sœur… Ou une cousine, une voisine, une amie… Il n'empêche que Grace m'a menti, ce que je ne peux accepter de sa part ! Que de trahisons autour de moi, ces dernières semaines ! Enferme-toi à double tour après mon départ et n'oublie pas : je ne suis venu te voir pour personne et la famille Lantier est en vacances aux Antilles !

*

En remontant dans sa limousine, Corentin Le Meur consulte sa montre ; bientôt trois heures du matin ! Encore une nuit qui va s'achever sans son compte de sommeil ! Une fois de plus, au petit-déjeuner, sa femme va lui demander où il se trouvait, en espérant qu'il ne fournisse pas de réponse. Tel est leur fragile équilibre de vie : il brasse des affaires, elle s'occupe de sa personne ; il gagne de l'argent, elle sait le dépenser.

Ils sont fidèles l'un à l'autre à leur manière, complémentaires de surcroît, ils s'aiment, même si personne ne comprend leur union.

Il l'adore pour son corps sublime, pour les enfants qu'elle lui a donnés, pour sa discrétion et sa présence, pour son écoute et sa mémoire sélective, pour sa manière si troublante de l'amener à elle, quand elle sent qu'il a besoin de se blottir contre son corps.

Corentin éprouve le besoin d'aller rendre visite à sa fille Julie qui dort à présent dans la maison diabolique. S'il avait su ce qui s'y était passé, il lui aurait interdit de loger en cet endroit ! Il donne trois coups de sonnette, comme à son habitude. Au bout d'un long moment, une lumière s'allume, précédant des bruits de pas légers qui descendent l'escalier, puis le cliquetis d'une clé que l'on tourne dans la serrure. Julie peine à ouvrir les yeux, elle est superbe dans une chemise de nuit virginale.

Elle demande l'heure à son père avant de l'interroger pour savoir si son programme s'est bien déroulé. Il ne répond pas, expliquant qu'il désirait juste savoir si elle ne manquait de rien. Elle lui propose d'entrer boire un verre de coca, il a toujours détesté le coca, il accepte un café. Tous deux s'assoient dans la cuisine et Corentin se demande comment sa fille peut vivre toute seule dans cette grande maison sinistre.

Elle lui répond qu'elle n'est pas toujours seule, puis elle passe à un autre sujet :

— Tu avais raison pour Anne, elle avait mis au point un système de double facturation avec certaines entreprises, ce qui lui permettait de prélever une taxe personnelle sur chaque travail effectué. J'ai recopié l'intégralité de son disque dur pour pouvoir en étudier paisiblement le contenu. Ne t'inquiète pas, personne ne peut savoir que j'y ai touché, je ne suis pas une débile ! Tu seras surpris de mes trouvailles. On peut jouer les grenouilles de bénitier, passer pour une sainte-nitouche, arborer des airs de dame patronnesse et prendre son pied à arnaquer son petit monde ! Je comprends pourquoi je ne l'ai jamais appréciée avec son ton sentencieux et ses remarques de vipère. Ils vont être surpris quand ils vont atterrir aux Bahamas et chercher à tirer du liquide de leur compte ! Ils n'ont plus un kopeck, les pauvres ! Ils sont pauvres comme Job, ils n'ont même plus de quoi se payer un billet de retour.

— Oui, ils vont être surpris ! se contente de répéter Corentin en déposant un bisou sur le front de sa fille. Prends soin de toi, tu m'es précieuse ! Je n'ai pas de conseil à te donner, mais n'invite pas trop de garçons ici, l'endroit est isolé, il suffirait d'un pervers, d'un maniaque… Nous vivons dans une société si dépravée !

V

Jeudi, 8 heures, commissariat de Nantes. Quand Agnès arrive à son bureau, le grand patron lui apprend que les lieutenants sont sur les lieux d'un nouveau meurtre ; le cadavre de Grace Miller, la juriste de CLM-BTP, a été retrouvé dans un espace de détente situé à Saint-Sébastien, sur l'île Pinette. Le capitaine El-Saïd les rejoint sur place. Même mode opératoire, le médecin légiste indiquera si cette fois le meurtrier a laissé des empreintes. Il sent Agnès en colère, elle l'interroge :

— Sauf votre respect, Monsieur le commissaire, deux des six filles de la maison en location restaient en vie et hier soir, je désirais interroger Grace Miller, d'autant qu'elle touche aussi de près Corentin Le Meur. J'ai failli décliner votre invitation pour lui proposer un rendez-vous, souhaitant me montrer à l'écoute des idées de mes subalternes. J'aurais dû suivre mon intuition ! La soirée était agréable, seulement l'assassin en a profité pour passer à l'acte et un nouveau crime noircit le tableau de la ville. Décidément, ma première enquête n'est pas un réel succès !

— Vous pensez toujours qu'il puisse s'agir d'une femme ? questionne le commissaire. Là encore, selon les premières constatations, elle n'a pas été violée. Du fond du cœur, je vous souhaite bon courage et bonne chance.

Une fois le commissaire rentré dans son bureau, Agnès appelle le juge Raspail pour lui apprendre la nouvelle et lui demander de venir la chercher pour la mener sur le lieu du forfait. Après un moment de stupeur, celui-ci accepte et, un quart d'heure plus tard, après avoir traversé la Loire, tous deux se retrouvent dans un lieu arboré et fort agréable, si le périmètre de sécurité n'indiquait qu'il s'agit d'une scène de crime, ou du moins de l'endroit où un cadavre a été découvert. Le corps de Grace Miller est protégé par une bâche ; Annabelle et Julien assurent ne pas y avoir touché pour laisser Agnès mémoriser l'atmosphère de la scène. Tout juste les membres de la police scientifique ont-ils accompli leur job avant de se retirer pour analyser les éléments glanés. Le jeune lieutenant demande aux derniers membres des différents services policiers présents de s'écarter un peu. Agnès secoue la tête et se met à pleurer. Le juge la prend dans ses bras, lui demandant ce qui se passe.

— Je suis nulle, Édouard, je suis nulle ! se lamente-t-elle, le visage caché entre les bras. Des policiers normaux auraient certainement déjà bouclé l'affaire ! Je m'entête à voir la silhouette informelle d'une femme derrière ce carnage. Seulement, ce bout de fil ne conduit pas à une pelote, il s'arrête comme le cours d'une source qui se perd sous la terre !

— Concentrez-vous, Agnès, vous savez que j'ai confiance en vous ! insiste le juge d'un ton persuasif. Si vous me dites que l'assassin est une femme, je vous crois ! Que s'est-il passé, selon vous ?

— Grace connaissait son assassin, de vue ou de nom ! énonce lentement le commandant en fixant la victime. Selon moi, elle ne se trouvait pas chez elle, toutes deux se sont croisées en ville. Elles ont passé ensemble un moment pas forcément chaleureux, plutôt tendu même ! Je crois qu'elles ont discuté dans la voiture de Grace. La meurtrière a fini par gagner la sympathie de sa victime, elle est très forte pour créer un climat de confiance ! Elle lui a certainement proposé de lui montrer un document sur l'affaire, la preuve d'une théorie plausible qu'elle a étalée devant elle. Elles se sont arrêtées dans un lieu désert et la meurtrière a menacé la juriste avec une arme. Elle devait avoir une bouteille de cognac dans son sac et a forcé sa victime à la boire pour l'étourdir. Ensuite, elle l'a menée en cet endroit qui est fermé au public durant la nuit. Ainsi, personne ne les importunerait. Pas de passage, pas de voisinage, aucun témoin. Grace est dans les vapes, la meurtrière la porte sur son épaule, la dépose dans la nacelle de ce manège d'enfants avant de la déshabiller en prenant soin de récupérer tous les vêtements. Ensuite, elle lui attache poignets et chevilles avec cet adhésif noir, elle saisit le sac plastique et le tour est joué. Grace est trop saoule pour simplement se rendre compte qu'elle va mourir ! Sa voiture est l'une de celles du parking, là-bas. Six filles dans une maison, cinq meurent ; la sixième est à protéger ou à enfermer. Je n'arrive pas à voir en Laurence Lemaire une suspecte. Pourtant, elle possède la carrure et les capacités sportives lui permettant de soulever une longue brindille comme Grace Miller pour la transporter de la voiture à ce manège…

— Si ce n'est pas elle, qui d'autre ? interroge le juge, très perplexe.

— Il reste l'hypothèse Anne Lantier, propriétaire de la fameuse maison… Imaginez qu'il s'y soit passé un événement particulier dont les six filles ont été les témoins. Un crime, un règlement de compte, un viol… Si elles parlent, le père d'Anne Lantier, dont je me suis aperçue hier après-midi en feuilletant le dossier de la famille, qu'il n'a rien à envier à Corentin Le Meur, se chargera de les punir. Elles se taisent durant vingt ans par peur des représailles. Puis elles se retrouvent. Anne Lantier est devenue la femme d'un notable, elle roule sur l'or, les snobe peut-être dans certaines soirées locales… Elles décident unanimement de la faire chanter. L'autre refuse et les élimine l'une après l'autre, en adoptant un mode opératoire qui fera croire à l'acte d'un serial killer… À un détail près, comme elle est une femme, elle ne peut les violer et ne désire pas les martyriser. La vengeance lui suffit amplement. J'aimerais interroger très rapidement Laurence Lemaire, souhaitez-vous m'accompagner ?

— J'aurais aimé, vous savez bien que le jeudi matin, je suis normalement au palais ! rappelle le juge. D'ailleurs, je dois m'y rendre à présent ! J'attends votre rapport préliminaire dès que possible, ainsi que les conclusions du légiste, même si je me doute du contenu…

*

Assis sur un banc public, Annabelle et Julien discutent ensemble. Ils ne sont visiblement pas d'accord et Agnès comprend qu'elle se trouve au centre de leur discorde. Elle leur demande de ne pas se diviser à cause d'elle et de ses méthodes, s'excusant de ne pas s'être ralliée aussitôt à leur intuition commune, au sujet de la maison de location. Annabelle l'assure qu'elle a toujours confiance dans son chef. Si les profilers américains arrêtaient immédiatement les tueurs en série, ils ne seraient pas des tueurs en série, seulement des criminels récidivistes ! Sur un ton très froid, Julien demande à sa chef ce qu'elle pense faire à présent. Comme Agnès évoque la visite prévue à Laurence Lemaire, le lieutenant insiste pour l'accompagner. Il l'a déjà interrogée, il sait comment lui tirer les vers du nez.

La discussion continuerait si Hicham n'arrivait en courant, porteur d'une nouvelle étonnante : la famille

Lantier a disparu sans crier gare ! Les parents et le fils pointent aux abonnés absents. Les bureaux de leur agence sont fermés, leur résidence est vide. Ils ont plié bagage comme des voleurs ou des assassins ! Du coup, la piste Anne Lantier devient plus chaude. Elle élimine les maîtres-chanteurs en jupon, épargne Laurence sous les suppliques de son mari et part avec sa famille se mettre au vert dans un paradis fiscal où doit s'amasser une partie de leur fortune… Encore une question à laquelle l'animatrice, la petite amie délaissée, pourra peut-être apporter une réponse fiable…

— À moins que Monsieur ait emmené avec lui les deux femmes de sa vie… avance en ricanant Hicham El-Saïd. Ou que Monsieur fils se tape la maîtresse de son père pendant que papa et maman reprennent le lit conjugal… Pardonnez-moi, ce n'est pas mon milieu, j'essaie d'imaginer. Plus rien ne me surprend chez ces gens qu'on prétend respectables.

— Capitaine El-Saïd et lieutenant Martinet, dans un premier temps, allez questionner Corentin Le Meur ! suggère Agnès dans un sursaut de volonté. C'est une sale nuit pour lui ! Sa juriste se fait buter et son associé se fait la malle avec femme et fils sous le bras… Il ne peut pas ne rien savoir ! Ensuite, poussez jusqu'à Ancenis où réside la famille Compan, les parents d'Anne Lantier. Eux aussi doivent posséder des informations confidentielles… Enfin, vous irez chercher un mandat de perquisition chez le juge Raspail pour aller fouiller la résidence des Lantier à Sautron et leur bureau du centre-ville.

— Au passage, j'irai relancer mes indics encore en vie ! précise Hicham, le cœur gros. L'un d'entre eux saura peut-être un détail important et me fera encore confiance…

— Le lieutenant Fontaine et moi-même, nous allons dans un premier temps interroger Laurence Lemaire pour tenter d'en savoir davantage sur ce passé qui semble au centre de l'affaire. Elle nous parlera aussi des Lantier, du moins, je l'espère… Nous irons ensuite récupérer le rapport du médecin légiste en espérant que l'assassin se sera montré moins méticuleux, cette fois ! On peut toujours rêver. Il paraît que les criminels finissent par commettre une erreur. Le badin nous dirait que moins on a de suspects en vie, plus nous resserrons le cercle autour du coupable, mais je n'ai pas réellement le cœur à plaisanter, ce matin ! Allez, en route !

— Commandant, ajoute Annabelle, n'oublions pas que Quentin Le Meur a zappé au dernier moment la course d'hier soir ! Hicham possède un indic qui pourra nous dire si oui ou non Arnaud se trouvait au Trident. Tous deux absents, on peut aussi envisager un règlement de compte entre malfaiteurs associés… Les Le Meur effacent les Lantier de leur paysage. On aurait alors deux histoires parallèles !

— Les histoires parallèles se rejoignent toujours ! philosophe Agnès en s'éloignant. Comme les rails à l'horizon. Bonne chance !

Une fois tous deux installés dans la voiture, Agnès attaque bille en tête Julien Fontaine sur ses cachotteries. Où traînait-il la veille au soir ? Il n'est pas envisageable qu'il s'agisse d'une histoire de fille, il en héberge une magnifique à la maison !

Il enquête donc en solo sur une piste qu'il ne peut ou ne veut divulguer au reste de l'équipe. Elle avoue piaffer d'impatience à l'idée d'élargir l'horizon de son enquête avec une hypothèse nouvelle. Il secoue la tête sans broncher, les bras crispés sur son volant, les mâchoires serrées.

À la faveur d'une impasse sur la droite, il donne un grand coup de volant et coupe le moteur à l'entrée d'un square.

— Vous voulez réellement savoir où je passe mes soirées ? lance-t-il en secouant la tête. J'enquête sur le passé d'une femme née à Guérande voilà bientôt 40 ans ! Par l'état civil, j'ai appris qu'elle se nommait alors Agnès Meslin et que la petite cachottière, qui se déclare célibataire, a été mariée durant moins d'un an à un jeune footballeur du centre de formation du FC Nantes. Pour s'appeler Agnès Delacour, nom qu'elle a gardé par la suite. J'espérais trouver une trace de l'une ou l'autre de ces deux femmes dans les listes des élèves de la fac de Nantes, même si vous avez quatre ou cinq ans de moins que les victimes du serial killer. Après tout, peut-être que les filles qui acceptaient de louer une chambre dans ce piège à souris se voyaient contraintes de se prostituer et que vous…

— Je vous rappelle que ces filles se préparaient pour la majorité à une carrière juridique ! objecte Agnès, sans se montrer choquée de la démarche de son subalterne. Elles connaissaient leurs droits et les moyens de se défendre ! Je pense surtout à Florence, Gabrielle ou Grace. Mais continuez, je sens que je vais apprendre des détails croustillants sur ma vie…

— Ne vous moquez pas de moi, ma position est déjà franchement désagréable, vous savez !

— Je vais vous aider, si vous le permettez ! poursuit Agnès. Agnès Meslin est la fille d'une femme au foyer, décédée depuis lors, dont l'époux était un marin pêcheur mort en mer un jour de tempête. Une jeunesse sans manquer de rien, si ce n'est d'un peu de fantaisie et de joie de vivre, une scolarité correcte sans pics de génie, une adolescence insouciante entre les marais salants d'un oncle, la plage avec les copains, les parties de pêche lors des grandes marées. Puis la jeune Agnès éprouve des envies d'horizons plus surprenants, alors elle passe des concours, réussit celui de la police, s'engage dès son intégration dans une promotion interne pour laquelle elle sacrifie loisirs et vie privée. Elle grimpe vite les échelons, elle est besogneuse, pugnace, volontaire, assez douée. Elle devient officier, lieutenant, puis capitaine et se voit proposer un stage d'un an aux États-Unis pour devenir profileuse. Elle accepte, réussit les examens, obtient le diplôme et reste quelques mois de plus pour mettre en pratique son savoir. Puis elle rentre en France alors qu'un serial killer sévit sur Nantes, une ville qu'elle connaît relativement bien. Il a même déjà opéré à Paris, alors qu'elle se trouvait encore outre-Atlantique. Elle prend le commandement de l'unité chargée de l'enquête, découvre des collègues sympathiques, mais aussi la distance entre la théorie et la pratique. Elle se sent un peu comme un myope qui redécouvre soudainement le monde avec des lunettes. Mais pourquoi toutes ces questions ?

— Nous recherchons une femme solide et intelligente, au courant des faits et gestes des différentes victimes, méthodique et froide sur le terrain, vengeant une humiliation passée. Vous possédez le profil, je cherche le mobile…

— Lieutenant Fontaine, à l'heure du crime perpétré à l'encontre de Karen Dulac, si mes souvenirs sont exacts, je me trouvais dans le train Paris-Nantes. Lors des meurtres de Florence Cordier et Gabrielle Mongin dans la Capitale, j'arpentais les rues d'Atlanta en Georgie où se déroulait mon stage. Enfin, hier soir, je dînais avec le commissaire Jourdan à son domicile et j'ai dû quitter mes hôtes vers 22 ou 23 heures pour rejoindre mon hôtel où le gardien de nuit m'a vue passer devant lui. Je ne vous blâme pas, car notre métier nécessite de n'écarter aucune piste et j'ai fixé les règles en ce sens, dès mon arrivée. Pour tout vous dire, j'ai moi-même envisagé que vous soyez notre suspect, tout comme l'attitude du lieutenant Martinet me surprend parfois… J'ai pourtant abandonné ces deux pistes car elles ne mènent nulle part. Notre adversaire est très fort et nous devons faire preuve d'une énorme solidarité pour le déstabiliser. Il commettra fatalement une faute, peut-être l'a-t-il déjà commise en éliminant Grace Miller… J'ai appris dans mes cours que plus un serial killer avance dans sa folie, plus il prend des risques pour narguer les policiers et rétrécir le fossé entre eux et lui. On va rencontrer la superbe Laurence Lemaire, Lieutenant ?

*

Les bureaux de la télévision régionale se trouvent sur l'île Beaulieu, non loin de l'hôtel d'Agnès. Laurence y anime, quatre après-midi par semaine, une émission de deux heures avec des invités pour parler de l'actualité de la région, de vie pratique et de loisirs. Elle reçoit aussi, souvent, un artiste local qui occupe la partie variétés, en fin de programme. C'est pour organiser sa séquence avec ses collaborateurs qu'elle se rend dès neuf heures du matin à la station, menant son équipe tambour battant, en parfait chef d'orchestre. Pour ce travail de préparation, elle a adopté une tenue fonctionnelle, jean moulant enfoncé dans des bottines en daim, corsage léger revêtu d'une veste de toile qui vole au vent à chacune de ses allées et venues sur le plateau. Lorsque les policiers s'avancent vers elle, elle reconnaît immédiatement Julien Fontaine et affiche une irritation non dissimulée. Agnès s'approche en présentant sa carte de police et demande à l'animatrice si elle dispose de quelques minutes pour répondre à quelques questions.

— Je travaille, Commandant, vous le voyez bien ! s'emporte Laurence en tournant le dos d'une volte-face décidée. J'ai une émission de télévision à préparer et je n'ai pas une seconde à perdre !

— Grace Miller n'avait pas une seconde à perdre, elle non plus ! réplique Agnès en suivant son interlocutrice. Un activisme bien illusoire, à présent que nous l'avons retrouvée morte sur un manège de square ! Les cimetières sont remplis de personnes qui n'avaient pas une seconde à perdre avant de postuler pour l'éternité. Aussi allez-vous prendre cinq minutes de votre précieux emploi du temps pour répondre à nos questions…

Les paroles de la policière tétanisent Laurence Lemaire, puis elle se retourne lentement, le visage défiguré. Finies l'arrogance et la dérision, place à la panique et aux tics nerveux. Agnès lui demande s'il est possible de trouver un endroit calme pour parler de vive voix ; son interlocutrice lui désigne une porte d'un geste de la tête, avant de se diriger comme un automate dans cette direction. Agnès propose à Julien d'effectuer une petite enquête en interrogeant les collègues de travail de Laurence. Le lieutenant veut se regimber, jugeant davantage sa place auprès de son chef, avant d'obéir quand Agnès lui explique qu'une femme rapportera plus facilement certains détails embarrassants à une personne de son sexe. Elles s'enferment toutes deux dans un petit salon au confort minimaliste, s'assoient sur un divan. Agnès attaque d'emblée :

— Que faisiez-vous hier soir vers minuit, mademoiselle Lemaire ? Vous avez intérêt à me fournir un alibi solide car je vous ai dans le collimateur depuis quelques jours.

— Je suis sortie d'une soirée en ville vers 23 heures, balbutie Laurence, j'ai marché quelques instants dans les rues pour dissiper les vapeurs de l'alcool avant de reprendre le volant, puis je suis rentrée chez moi.

— Votre amant ne vous a pas rejoint à votre domicile, cette nuit ?

— Non, le mercredi soir, il le consacre à sa famille. À sa femme et à son fils. Je n'ai personne pour confirmer mon retour à mon foyer avant minuit, si tel est le sens de votre question.

— Dommage, mademoiselle Lemaire ! Vraiment dommage ! Et bien sûr, vous ne savez pas non plus où se cache Maxime Lantier ? Il semble avoir quitté la ville avec sa femme et son fils, pour se mettre au vert… Il ne vous a rien confié à ce sujet ?

— Je ne m'occupe pas de sa vie privée et encore moins de sa vie professionnelle ! rétorque Laurence en s'énervant. Entre nous, les relations sont uniquement sexuelles ! J'ignore où il se trouve et je n'ai pas tué Grace Miller, comme vous semblez l'insinuer.

— Pourquoi ai-je la désagréable sensation que vous ne me dites pas tout, mademoiselle Lemaire ? insiste Agnès, se sentant proche de faire craquer son interlocutrice. Je vais jouer franc-jeu avec vous ; vous me révélez ce que vous savez, depuis le viol d'une étudiante par quatre hommes dans la maison d'Orvault où elle louait une chambre, jusqu'à la mort des cinq témoins de cette scène abominable. Sinon, je vous place en garde à vue et alors, adieu l'émission de l'après-midi et bonjour les suspicions et les rumeurs…

— Vous n'avez pas le droit, vous n'avez aucune preuve contre moi ! s'insurge Laurence Lemaire en se levant d'un bond. Je vous le répète, je n'ai pas tué Grace Miller ! Voilà vingt ans, je suis arrivée après le drame et les autres ne m'en ont jamais vraiment parlé. Juste des bribes que vous connaissez déjà.

— Et comme par hasard, vous tombez amoureuse du gendre du propriétaire ! ironise Agnès en se levant à son tour. Nantes n'est pas une mégalopole, mais quand même. Je ne crois pas aux coïncidences, mademoiselle Lemaire ! Vous savez ce que je pense : Maxime Lantier et vous-même êtes complices depuis le début, vous avez commandité le départ de la malheureuse Gaëdic Morvan pour récupérer une place dans la funeste maison. Les autres l'ont compris, seulement elles avaient trop peur pour parler ou pour vous menacer. Les années passant, elles ont acquis un statut social, de la maturité et de la force de caractère. Un jour, elles sont venues vous réclamer des comptes et vous avez paniqué…

— Tout cela est faux, je suis innocente. Je vous en prie, arrêtez de me persécuter !

— Vous en avez parlé à votre amant et tous deux, vous avez décidé de les éliminer, l'une après l'autre ! Les deux plus perverses d'abord, Florence et Gabrielle qui ont aidé les violeurs en tenant la victime. Les deux plus fragiles ensuite, Clémence et Karen, que vous aviez à portée de main. Enfin, Grace qui avait su se mettre à l'abri, protégée par l'aura de Corentin Le Meur, son patron. La besogne achevée, votre amant a quitté la ville dans la nuit avec sa famille pour une destination inconnue de tous, hormis de vous, puisque vous allez le rejoindre, une fois vos émissions achevées ! Je crois que votre contrat ne sera pas renouvelé, Laurence…

— J'ai refusé de le signer, je désirais passer à autre chose ! Cela ne fait pas de moi une criminelle ! Quel aurait été mon intérêt de faire disparaître ces cinq femmes que je fréquentais régulièrement depuis vingt ans ? Et puis Maxime ne s'est pas enfui. Si vous ne le retrouvez pas, il vous faudra trouver une autre piste. Je suis lasse de toute cette histoire, épuisée de me trouver le jouet des uns et des autres, prise en otage par Compan, par Le Meur, et maintenant accusée par la police.

— Parlez et vous serez libérée de tous vos maux, mademoiselle Lemaire ! La vérité reste le meilleur remède à bien des turpitudes morales. Le père Compan et Corentin le Meur vous font chanter, c'est cela ? Il vous suffirait de me dire que le premier est le violeur de Gaëdic, avec les gars de sa coterie, que le second est l'associé de votre amant dans des affaires louches de la région, et vous seriez soulagée ! La police assurera votre protection jusqu'à l'issue de l'enquête et, par la suite, vous pourrez redémarrer une vie normale. Si vous refusez de parler, ce sera la garde à vue à partir de cet instant. Ils doivent bien vous tenir en laisse, vos maîtres, pour que vous ruiniez votre carrière et votre réputation aux seules fins de les couvrir ! Veuillez me suivre, mademoiselle Lemaire ! Je vous épargne les menottes, je ne suis pas une sauvage.

*

Dans le bureau de Corentin Le Meur, le climat est plus électrique. Après la mine affligée de circonstance en apprenant la mort de Grace Miller, sa juriste, le patron se trouve sur la sellette à propos de son emploi du temps de la veille au soir. Il prétend avoir passé la soirée auprès de son épouse, ce qui ne convainc pas le capitaine El-Saïd. Qu'importe ! Il certifie ignorer également où se cache son associé, Maxime Lantier, et là le policier voit rouge. Comment un individu qui passe pour savoir chaque détail de la vie de la ville peut ignorer les allées et venues de son ami d'enfance ?

Au même moment, Annabelle Martinet interroge

l'épouse de Corentin Le Meur ; une idée des deux policiers pour éviter un coup de téléphone de mise au point entre les époux. Elle se trouve à son domicile avec sa fille. Si la mère sait maîtriser ses nerfs, Julie rappelle qu'elle étudie le droit à la fac et connaît la procédure : sans un mandat de comparaître, le lieutenant n'a rien à faire ici. Sa mère tente de l'apaiser, d'autant qu'Annabelle explique qu'il s'agit juste de deux ou trois questions de routine qui ne nécessitent pas un déplacement au commissariat pour un interrogatoire plus musclé.

— Je désire seulement savoir où se trouvait chaque membre du clan Le Meur hier soir et dans la nuit, avance la policière. Vous voyez, rien de bien méchant…

— Mon mari et moi-même avons passé la soirée ici répond la mère, sourire crispé aux lèvres. Nous avions invité Grace Miller, la juriste de la société, pour dîner à notre table. Elle pourra témoigner en notre faveur si vous la questionnez. Arnaud et Julie se trouvaient dans notre maison de La Baule avec quelques copains qui pourront vous le confirmer. Quentin et ses copains de moto avaient prévu une soirée sportive, une course, je crois, j'avoue ne pas trop comprendre ce que ces motards fabriquent ensemble.

— Non, maman, au dernier moment, il a décidé de venir se joindre à nous avec sa fiancée, intervient Julie, réalisant à la tenue d'Annabelle qu'elle est possiblement la fliquette-motarde que le groupe a plantée la veille au soir. Mais pourquoi toutes ces questions, Lieutenant, il s'est passé quelque chose que nous ignorons, dans la nuit ? Rien de grave, je l'espère, la ville n'a pas besoin d'un drame supplémentaire en ce moment.

— Pourtant, un nouveau crime a été commis vers minuit, répond évasivement Annabelle. Je suppose que mademoiselle Miller se trouvait encore chez vous à cette heure…

— Il s'agit en effet de l'heure à laquelle elle nous a quittés, répond Nathalie Le Meur, soulagée, avant d'allumer une cigarette pour se détendre un peu plus.

— Dans ce cas, vous êtes les dernières personnes à l'avoir vue vivante ! Veuillez vous préparer pour nous suivre au commissariat, madame Le Meur ! Vous aussi, Mademoiselle, pour vous faire signer votre déposition, à propos de cette soirée entre amis. Si jamais vous avez menti, vous savez ce que peut coûter un faux témoignage, vous étudiez le droit en fac, si j'ai bien compris…

*

Encombrement au commissariat ; dans un bureau, Agnès tente de trouver la bonne combinaison pour pénétrer la forteresse Laurence Lemaire. Dans un second, Hicham El-Saïd cuisine Nathalie Le Meur pendant que, dans un troisième, Annabelle ne laisse pas une seconde de répit à Julie, l'étudiante qui se prend déjà pour une grande. La policière se demande pourquoi toutes deux ont prétendu que Grace Miller se trouvait à minuit dans leur résidence alors que des témoignages la signalent dans un restaurant puis une boîte de nuit du centre-ville. Elles auraient voulu impliquer leur mari et père, elles ne s'y seraient pas mieux prises !

De son côté, Julien Fontaine est chargé de récupérer le premier rapport du médecin légiste. Jean-Paul Faure est formel : cette fille a été victime du même serial killer.

— Tu écartes définitivement la piste du pervers puisque si les deux autres étaient brunes, petites et nanties d'airbags de taille maximale, celle-ci est blonde, grande et plate comme une limande. Elle s'est fait un chinois avant de boire du champagne et enfin du cognac à haute dose. Comme les autres. Quelques traces de lutte, elle ne s'est pas laissée faire, sans pour autant prétendre tenir tête à son agresseur. Ses boucles d'oreilles ont été arrachées entre le moment où elle a été attachée et celui de sa mort. Le tueur lui en voulait particulièrement. Mais je vous garde le meilleur pour la fin, Lieutenant : cette grande poupée s'est offert une petite gâterie avant le grand saut vers l'immensité infinie et éthérée où tout se réinvente.

— Celle-ci a été violée ? s'étonne le lieutenant Fontaine. Le cinglé a fini par craquer ? On va pouvoir le confondre avec son ADN.

— Que nenni, que nenni ! Juste un bon petit rapport bien consenti, en douceur et profondeur, comme le chantait Adamo dans sa prime carrière. Personnellement, je ne suis pas branché grande fille anorexique, mais ces nanas possèdent leurs adeptes, des types qui préfèrent sentir la carcasse sous leurs doigts ! Bon… Euh… Néanmoins, je peux tenter de comparer l'ADN du sperme avec notre fichier, car vous n'aimez négliger aucune piste. Bon, ce n'est pas tout, c'est l'heure de ma pause pain au chocolat !

*

Lorsque le commissaire Jourdan vient aux nouvelles auprès d'Agnès, il est porteur de deux ou trois rumeurs rapportées par des collègues de la région. Les gendarmes patrouillant dans la Brière ont eu vent d'un “trafic” nocturne, vers l'île de Fedrun. Du genre « va voir de plus près la vase du marais… » Les voisins des Le Meur à La Baule sont formels : quand les jeunes font la fête, ils entendent les accents de leur musique de dégénérés ; cette nuit, aucun bruit n'a perturbé leur sommeil. Donc, les deux femmes mentent. Sans doute ignoraient-elles la mort de Grace, par contre, elles connaissent l'identité du “plongeur forcé” de la Brière. Seulement, pourquoi le père et les fils Le Meur se saliraient-ils les mains quand ils rétribuent d'ordinaire des coupe-jarrets ?

Désireuse de laisser mariner Laurence Lemaire, Agnès vient rejoindre Hicham en salle d'interrogatoire, où il tente de pousser Nathalie Le Meur dans ses derniers retranchements. Il ignore encore les détails que possède sa patronne. À travers la vitre sans tain, Agnès observe attentivement la bourgeoise qui joue avec une cigarette que le policier lui a certainement interdit d'allumer. Une femme de classe, au regard inquisiteur et au port hautain. Elle a enlevé sa veste, révélant un corps athlétique et des épaules larges, à la faveur d'un top à bretelles bleu marine. Elle prétend tout ignorer des affaires de son mari, continuant à certifier que Grace Miller se trouvait chez eux jusqu'à un peu plus de vingt-trois heures. Sans doute aura-t-elle effectué une mauvaise rencontre sur son chemin de retour… Agnès entre dans la salle d'interrogatoire et tourne autour de la table et donc de la notable.

— Nous savons que vous mentez, madame Le Meur ! En fait, je pense que vous ignoriez la mort de Grace Miller. Votre mari et vous avez inventé ce dîner avec elle, convaincus qu'elle vous servirait d'alibi, si nécessaire. Pas de chance, elle meurt et vous voilà suspects ! Pour ce crime et, de ce fait, pour cinq autres. Mal joué, niveau stratégie de défense !

— Si je suis en garde à vue, je tiens à parler à mon avocat ! lance Nathalie Le Meur, consciente de la précarité de sa situation.

— Nous discutons, Madame, rien de plus ! poursuit Agnès, comme un chat joue avec une souris. Lorsque nous aurons avancé sur le déroulement de votre soirée et de votre nuit, il sera temps pour vous, pour votre mari, pour vos enfants, d'envisager un système de défense. Permettez-moi cependant de m'interroger sur la volatilisation surprenante de la famille Lantier. Un moment, nous avons pensé à un départ précipité vers un paradis fiscal, comme leurs ravisseurs voulaient nous le laisser croire. À présent, je possède la conviction profonde qu'il s'agit d'un règlement de compte et que vos anciens amis baignent au fond d'un marais de la Brière. Quelles étaient vos relations avec Anne Lantier, madame Le Meur ? Je sais qu'elle possédait en héritage familial un tempérament dominateur. Elle ne devait pas apprécier de voir son mari subir le joug du vôtre... Parlez-moi d'elle et de son père, madame Le Meur...

— On ne se fréquentait pas ! réplique rapidement Nathalie en affichant une moue de dédain. Nous ne possédions pas les mêmes centres d'intérêt ! C'est vrai que Corentin se méfiait d'elle, comme il redoutait son père, un véritable requin dans les affaires. Pas que dans les affaires, d'ailleurs.

— Qu'entendez-vous par là, madame Le Meur ? interroge Agnès en asseyant une fesse sur la table, devant un Hicham El-Saïd médusé par la tournure de l'entretien. J'ai su qu'il prenait un réel plaisir à dominer les femmes qui lui résistaient, notamment des notables de votre espèce.

— C'est un pervers, un détraqué, Commandant ! affirme Nathalie, les yeux révulsés par la haine. Il tenait son monde par le sexe ; les femmes en les soumettant, les hommes en les compromettant ! Seul mon mari possédait un moyen de pression sur lui. Une affaire qui s'était déroulée voilà vingt ans dans leur maison familiale vers Orvault ! Je n'ai jamais voulu savoir ce qui s'y était passé ; j'ai toujours imaginé que ce lieu devait servir de garçonnière à Roger Compan. Vous voyez ce que je veux dire…

— Pas très bien, j'ai une vie sentimentale plutôt bien rangée, si vous pouviez préciser…

— Il y conduisait ses poules d'un soir, c'est pourtant clair ! Une invitation on ne peut plus courtoise et formelle, puis tout dérape et c'est l'enfer. Enfin, c'est ce que les gens racontent, je ne fais que colporter des rumeurs basées sur des témoignages solides.

— Capitaine, vous pouvez nous laisser, s'il vous plaît, j'aimerais parler à Madame en tête-à-tête ! réclame Agnès en se tournant vers son collègue qui a déjà anticipé, satisfait de la tournure de l'interrogatoire. Vous avez été l'une des poules de la garçonnière, Nathalie ? Expliquez-moi, je vous promets que votre mari n'en saura rien, nous discutons entre femmes. Vous avez cette douleur sur le cœur depuis trop longtemps, il faut que cela sorte. Au cours de mon enquête, j'ai déjà eu l'occasion d'entendre le témoignage d'une victime de ces pervers. Je pense qu'il tenait aussi de la sorte Clémence, Karen, Florence, Gabrielle et Grace. Selon moi, les deux affaires sont liées. Épanchez-vous, Nathalie, par pitié, cela vous fera du bien ! Je vous autorise à allumer votre cigarette, si cela vous aide à vous détendre.

La notable se tourne pour saisir une boîte d'allumettes dans le sac pendu au dossier de la chaise. Ses gestes sont nerveux, saccadés, imprécis. Elle tremble en saisissant la boîte, le remarque, sait qu'elle n'arrivera pas à effectuer ce geste simple. Elle repose la boîte sur la table. Agnès se lève, s'approche d'elle et l'aide à allumer sa cigarette. Nathalie tire une première bouffée, les doigts toujours tremblants, les mâchoires tendues, les yeux hagards.

Elle doit évaluer le coût de ses aveux, envisager les liens qui pourraient s'établir entre son histoire personnelle et les actes de son époux. Elle est tiraillée entre le désir de tout déballer pour soulager sa conscience et la peur des conséquences sur son couple et sa famille. Elle sait aussi que Corentin est rentré tard ; a-t-il appris que sa juriste lui avait caché un pan de sa vie et lui a-t-il fait payer sa trahison ? Sans doute… Comme il se vengerait si, à cet instant, elle le donnait à la police.

Les relents de l'humiliation lui reviennent pourtant à la gorge. Et puis si d'autres femmes ont témoigné avant elle, elle ne sera pas la seule à endosser l'affront. Elle a pris sa décision, son visage se détend, ce qui n'enlève rien à la dureté de son regard. Ses mains tremblent un peu moins, la cigarette n'est plus qu'un mégot proche de finir dans le cendrier que la policière a rapproché de la prévenue. À son tour, Agnès ôte son blouson, défait un bouton de son chemisier pour respirer plus aisément ; on étouffe dans la salle d'interrogatoire, la fumée et l'odeur du tabac ont plutôt tendance à l'incommoder, or, il n'y a pas d'ouverture dans la pièce. Elle regarde Nathalie Le Meur avec compassion, leurs yeux se croisent, vert clair pour l'une, noisette pour l'autre, engagent un dialogue silencieux. Elle est prête, constate Agnès, abordant un terrain qu'elle maîtrise parfaitement.

— Cela s'est-il passé avant ou après votre mariage avec Corentin ? questionne-t-elle, comme si son interrogation précédente avait déjà reçu une réponse positive.

— Peu après nos fiançailles ! exprime Nathalie en exhalant un long soupir, tête levée vers le plafond. Corentin et Maxime étaient amis, j'ai fait connaissance avec Anne. Je ne l'appréciais pas réellement, je la trouvais froide et calculatrice. Un soir que "nos hommes" étaient partis à Paris, elle m'a invitée dans la maison reçue en héritage de ses grands-parents, nous avons dîné, puis son père est arrivé avec deux amis ; un peu plus de la quarantaine, sémillant, hâbleur, réjoui. En cours de soirée, il m'a parlé des affaires de Corentin, mon futur époux, avant de me mettre sous le nez des documents qui prouvaient ses magouilles dans l'obtention d'un contrat pour la construction d'un chantier. À cette époque, j'avais participé au dossier ; j'étais comptable de profession. Je n'avais rien vu des malversations, Roger Compan m'a fait comprendre que si mon futur mari plongeait, mon casier judiciaire serait entaché, lui aussi.

— Et il vous a proposé un marché : son silence contre votre soumission à ses désirs…

— C'est Anne qui a proposé cette solution. Je l'ai regardée, effarée. Elle m'a assuré avec un aplomb désarmant que ce n'était qu'un moment à passer, pas forcément désagréable. Une preuve d'amour envers Corentin qui ne saurait jamais rien de mon écart ! J'ai fini par accepter, je me demande encore pourquoi. Ces gens savent se montrer persuasifs, ils vous embobinent et jouent avec vous. J'ai subi les assauts de ces trois hommes durant un temps interminable à mes yeux, puis ils sont partis, satisfaits de leur soirée. J'ai pleuré comme une madeleine, j'ai crié. La garce d'Anne voulait me consoler à sa manière, en me souhaitant la bienvenue dans le monde des affaires ; avant de m'expliquer que si jamais je parlais de cette soirée à quelqu'un, le dossier serait exhumé et que je serais responsable des affres juridiques de Corentin. Puis elle a sorti un appareil photo de son sac en m'assurant qu'elle possédait de beaux clichés à faire développer. Je n'avais même pas remarqué qu'elle nous mitraillait.

— Je suppose que vos affres ne se sont pas résumées à cette soirée…

— Je n'ai jamais plus eu affaire au père Compan et à ses acolytes, poursuit Nathalie Le Meur, tête basse. Par contre, Anne me faisait payer les coups de colère de Corentin contre Maxime ou son père par des brimades humiliantes. Je savais ce qui allait se passer quand elle m'invitait à la rejoindre à son domicile et pourtant, il m'était impossible de refuser. Elle n'aurait pas ressorti le dossier de l'affaire de Corentin, il y avait prescription, par contre, elle avait continué à me photographier puis à me filmer dans des positions équivoques.

— Quelle garce, cette femme ! marmonne Agnès en refermant son dossier.

— Voilà, vous savez tout ! Cela restera entre nous, vous m'avez donné votre parole.

— Vous avez dû jubiler, cette nuit, en apprenant l'élimination de la famille Lantier, et notamment d'Anne, votre pire ennemie ! J'aurais vécu ce qu'elle vous a fait endurer, je me serais même vengée personnellement. Bien sûr, je ne parlerai à personne de votre confession et il ne sera pas fait mention dans le PV de ce moment pénible avec le père Compan et ses copains ! Je vous place cependant en garde à vue pour faux témoignage et complicité d'enlèvement sur la personne de Grace Miller. Dans un premier temps. Je vais également demander au juge de me délivrer un mandat d'amener aux noms de votre mari et de vos enfants, car toute la famille me semble mouillée dans ce règlement de compte. Tant qu'à faire, je vais aussi réclamer un mandat de perquisition pour vos propriétés et les bureaux de CLM-BTP.

— Vous ne valez pas mieux qu'Anne Lantier ! crache Nathalie Le Meur en foudroyant la policière du regard. Je vous faisais confiance et vous me trahissez, vous aussi. Vous ne prouverez jamais que nous avons croisé la route des Lantier, cette nuit ! L'avocat de mon mari nous fera libérer avant demain matin et ensuite, cela bardera pour votre matricule ! Corentin possède des relations, vous savez !

— Je sais, il emploie nombre de tueurs à gages qui se font un plaisir d'éliminer les gens qui se placent sur sa route et importunent son avancée ! ricane Agnès. Sauf Roger Compan, ne trouvez-vous pas cela bizarre ? Ils sont tous deux liés par un accord tacite et mystérieux, un pacte de non-agression. Non seulement je ne vous ai pas trahie, je vous promets même de ne pas lâcher Compan avant qu'il ait avoué ses forfaits et lourdement payé pour les calvaires qu'il a fait endurer à des jeunes filles et à des femmes comme vous.

Nathalie Le Meur est placée en cellule, auprès de Laurence Lemaire que les policiers ont préféré garder sous la main. Autant pour sa sécurité que pour l'interroger à nouveau, en espérant qu'elle se montrera plus bavarde après un petit séjour derrière les barreaux. Agnès observe l'étonnant dialogue sans parole entre les deux femmes, victimes, l'une comme l'autre, du monde de requins dans lequel elles servent juste de faire-valoir. Elle savait que de tels procédés existaient, elle ignorait encore que les vautours pouvaient se bouffer entre eux.

Seule Annabelle n'en a pas fini avec Julie, la fille, plus coriace que sa mère. Elle tient tête à la policière, trouve une parade à chaque nouvel élément, comme le témoignage des voisins de La Baule concernant la prétendue fête de la veille au soir. Selon elle, il s'agissait d'une partie de poker qui réclamait concentration, donc silence. De guerre lasse, le lieutenant décide de laisser filer son interlocutrice en lui promettant de la revoir bientôt. Dans le couloir, Julie croise son père et ses deux frères, ils arrivent au commissariat en clamant leur grogne, pressés de savoir à qui ils doivent une telle humiliation.

— Tu as bien fait de parler, Julie, je m'occupe de tout, la justice ne t'inquiètera pas ! balance Annabelle par réflexe et vengeance. Ainsi, tu pourras reprendre les rênes des entreprises familiales et prouver à ces mecs qu'ils ont eu tort de te considérer comme une gamine !

— Ne l'écoutez pas, vocifère Julie, je n'ai rien dit, je ne vous ai pas trahis ! Papa, je te jure, je n'ai pas parlé !

Seulement sa voix se perd au milieu des injonctions des policiers, excités par la présence dans leurs locaux d'autant de sommités de la pègre en costard. Peu après, maître Xavier Labarthe arrive à son tour et exige la libération immédiate de ses clients. Un peu plus de 50 ans, type latin, flamboyante chevelure grisonnante, costume de marque, chemise lilas et cravate club assortie, il ne manque pas de prestance. Le commissaire s'approche d'Agnès.

— Il défend les intérêts de Le Meur, de Lantier et du père Compan dont son père était un ami, si vous voyez à quelle amitié je fais référence… murmure-t-il à l'oreille de sa subalterne. Une belle ordure qui doit en savoir des livres entiers sur les mystères de la région. Vous voulez que je me charge de lui ? Il ne m'impressionne pas, au contraire ! Le terrain me manque et ce gars a ruiné quelques-unes de mes plus belles enquêtes d'un effet de manche.

— Dans ce cas, je vais aller voir le juge Raspail pour le tenir au courant de l'avancée des affaires et obtenir un mandat de perquisition pour les différentes bâtisses du couple. Cette fois, ou ça passe ou ça casse ! J'ai désormais la certitude que Roger Compan est la pièce maîtresse de notre dossier ! Il est possible qu'il ait commandité les meurtres de ces cinq femmes car elles avaient décidé de le faire chanter. Il peut même les avoir tuées de ses mains…

— Vous abandonnez donc votre idée de meurtrière, à moins qu'il se trouve dans son entourage une femme au mental assez solide pour le venger ? Sa fille, Anne, constituerait une prévenue de premier choix, seulement elle a disparu de la circulation ! De plus, pourquoi une pareille mise en scène ?

— Pour brouiller nos pistes et ils ont failli réussir car nous avons bien pataugé ! Seulement, nous ne sommes pas nés de la dernière pluie. Même si elle a ensuite été victime d'un règlement de compte, rien n'interdit à Anne Lantier d'avoir nettoyé le terrain en effaçant cinq suspectes avant de subir elle-même un retour de manivelle. Je perçois le scénario sans arriver à le décrire précisément, c'est agaçant ! Un fait est avéré, nous touchons au but ! Pas vrai, Commissaire ? Dans quelques heures, votre épouse sera vengée et pourra recouvrer la paix de l'âme.

VI

En se rendant dans le bureau du juge, au palais de justice, dès son arrivé face au magistrat, Agnès ne trouve pas Édouard Raspail aussi souriant et détendu qu'à l'ordinaire. Elle le sent gêné, il se tortille sur son fauteuil comme s'il avait posé ses fesses sur une fourmilière. Elle veut lui parler des derniers détails de son enquête, il l'interrompt rapidement, fixe sa greffière et suggère à la policière d'aller boire un café dans la brasserie voisine. Il regarde sa montre et juge qu'il est bientôt l'heure du déjeuner. Il propose à la policière de l'inviter à manger un bout dans un petit bouchon. Même si elle ne le connaît pas parfaitement, Agnès pense comprendre que, dans l'affaire qui les accapare, un détail préoccupe Édouard qui doit rester confidentiel. Il ne faut pas longtemps au juge, une fois que tous deux ont pris place à une table discrète d'un petit restaurant de la pointe Est, pour révéler son embarrassant secret :

— Agnès, lors de ton enquête sur la mort de Grace Miller, tu vas découvrir qu'elle a passé la soirée avec un homme, qu'ils ont eu des relations sexuelles, annonce-t-il tout de go. Cet amant, c'est moi, j'en suis désolé ! Je connais Grace depuis longtemps, depuis la fac où nous avons eu l'occasion de nous rapprocher lors d'un mouvement de grève. Nous savions nous réconforter l'un l'autre, rien de plus ! Avec toi, c'est différent.

— Tu t'es bien fichu de ma figure, Monsieur le juge ! lâche Agnès, très en colère. Tu en as d'autres, des copines qui te réconfortent ? Peut-être suis-je, moi aussi, une fille Kleenex pour juge en larmes ? Finalement, tu n'es pas très différent de Roger Compan, le détraqué sexuel qui semble terroriser les bourgeoises de la région depuis des décennies. Mais j'y pense tout à coup, si tu es si proche de Grace Miller, et depuis si longtemps, il te tenait peut-être aussi par un secret compromettant, le père Compan ? Tu avais pour mission de m'éloigner de sa piste, n'est-ce pas ? Ce n'est pas un hasard si tu instruis ce dossier…

— Pourquoi te le cacher, Compan et mon père sont amis de longue date. Il est même mon parrain, si tu veux tout savoir. Les quatre cents coups dont tu parles, ils les ont certainement accomplis ensemble, j'en suis désolé ! Des pratiques héritées d'une époque où le droit de cuissage des seigneurs sur le petit peuple n'était pas un délit, juste une tradition locale. Il me tient uniquement par l'affectif, je ne peux le dénoncer ; l'accuser c'est envoyer mon père en prison pour le restant de ses jours, alors qu'il a accompli une carrière respectable de notaire à Ancenis durant toute son existence.

— Tes états d'âme, je m'en moque totalement ! coupe Agnès en élevant le ton. Combien de filles ont subi les ignominies de ces monstres pendant que tu gardais tes aveux à l'abri de ta conscience ? Des gamines sans défense, détruites pour le restant de leurs jours, des épouses piégées et brisées, sans parler des adversaires corrompus, menacés ou éliminés, des policiers qui font le grand plongeon dans la Loire pour avoir cherché à tenir tête aux minables seigneurs modernes ! Hier soir, qui avait besoin de consolation, Grace ou toi ?

— Elle soupçonnait Corentin Le Meur de préparer un mauvais coup, révèle le juge, penaud. Elle ignorait les tenants et les aboutissants, elle savait juste que les deux fils étaient venus prendre les ordres de leur père. Elle craignait aussi pour sa vie et j'ai tenté de l'apaiser. Nous avons dîné ensemble à l'appartement, nous avons fait l'amour et je n'ai pas su la convaincre de rester dormir chez moi. Sinon, elle serait encore en vie, à cette heure ! Elle a probablement dû finir sa soirée dans une boîte de nuit du centre-ville, elle ne voulait pas rentrer chez elle et se retrouver seule, à la merci du premier sbire de son patron. Je vais demander au procureur de me dessaisir de l'affaire, c'est préférable…

— Tu peux être certain que je ne vais pas lâcher Compan ni ton père ! promet Agnès en se levant. Ils vont payer pour leurs actes et je ne leur ferai aucun cadeau, fais-moi confiance ! C'est trop facile de se cacher derrière des traditions locales et des héritages familiaux !

— Ils ne sont pour rien dans la mort de ces cinq filles, Agnès ! cherche à justifier le juge en tentant de la rattraper. Tu es à Nantes pour mettre un terme à la folie d'un serial killer, pas pour nettoyer la région de salissures datant de vingt ans ou même davantage.

— Et si elles avaient menacé de raconter ce qu'elles savaient, ce qu'elles avaient vu, peut-être ce qu'elles avaient vécu ? Tu crois que Roger Compan et ton père les auraient laissées agir à leur guise ? Deux types de 75 balais, cela explique l'absence de viol ! Dur de redresser la barre, à cet âge ! Ce n'est pas une fille sportive qui a éliminé ces cinq femmes, mais deux vieux eunuques qui tremblaient pour leur réputation.

*

Jeudi, 17 heures. Agnès a rendez-vous avec Brigitte Beauvais, la psy, la petite soixantaine, pétillante, encore belle et rayonnante. Sous son casque d'or aux mèches frisées, un visage doux et détendu ; elle invite la policière à s'asseoir, lui expliquant qu'elle a terminé sa semaine et peut donc se consacrer entièrement à elle. Dès l'entame de la conversation, elle met un bémol à ses propos en rappelant qu'il lui est impossible de révéler ce que ses patients lui ont confié durant les séances. Agnès le comprend parfaitement, elle tente pourtant sa chance :

— Je me trouve face à une enquête complexe, avec cinq meurtres sur les bras, dont l'origine est liée à un événement qui s'est déroulé voilà environ vingt ans et à d'autres faits, plus anciens encore ou plus récents. Manon Jourdan, la femme de mon patron, m'a révélé le poids qui l'écrase et expliqué que vous l'aviez entendue avant de laisser penser, à mots couverts, que d'autres femmes de la ville ou de la région vivent un traumatisme semblable. Par ailleurs, j'ai retrouvé vos coordonnées sur le carnet d'adresses de deux des victimes. Ces femmes sont mortes, Docteur ! Confier leurs blessures morales n'est donc plus une trahison, je parlerais davantage de fidélité à leur mémoire.

— Commandant, j'ai 56 ans, réplique la psy. Une partie des gens qui m'ont fait confiance est morte aujourd'hui. Ces femmes et ces hommes ont emporté leur secret dans la tombe. Si le décès de mes clients me déliait de mon devoir de confidentialité, plus personne ne viendrait solliciter mes services. C'est une question de déontologie ! Néanmoins, je peux vous dire que des notables de la région ont effectivement abusé de femmes depuis plus de quarante ans, peut-être même encore davantage… Je peux même vous révéler qu'ils ont laissé une flopée de bâtards derrière eux, forçant leurs victimes à se marier avec le premier venu qui acceptait de les épouser malgré leur grossesse. Certaines ont préféré l'exil, l'une d'entre elles a choisi le suicide, les plus nombreuses ont vécu avec ce drame en elle, sans jamais avoir la possibilité de s'en ouvrir à leur mari, et pire encore, à leur enfant.

— Et vous pouvez dormir paisiblement avec un secret aussi lourd dans la tête ? s'étouffe Agnès, hors d'elle. Enfin, c'est votre affaire. Dites-moi seulement qui, selon vous, a pu perpétrer ces exécutions en série ! J'ai mon idée sur la question, j'aimerais connaître la vôtre…

— Même si je cultivais des soupçons sur un individu précis, je ne serais pas assez suicidaire pour vous les livrer, réplique la psy en se levant pour se diriger vers la porte de sortie. À présent, laissez-moi, je vous prie, j'ai à faire ! Votre visage ne m'est pas inconnu, commandant Delacour, vous êtes certaine de n'avoir jamais eu recours à mes services ?

— Rien ne vous oblige à enfreindre les règles de votre déontologie personnelle en me livrant votre perception de cette affaire, assène Agnès, dédaignant à dessein l'interrogation, en franchissant le seuil de la pièce. Je ne me sens pas liée par les mêmes contraintes ; ainsi, je peux faire circuler une rumeur en ville : Brigitte Beauvais connaît le nom du meurtrier et elle a accepté de coopérer avec la police contre une protection permanente. Ensuite, on attend tranquillement devant la porte de votre domicile jusqu'à ce que le coupable vienne vous éliminer. Pour assurer le coup, je demanderai à mon équipe d'attendre l'instant où l'assassin passe le sac plastique sur votre tête pour intervenir. Ainsi, plus besoin d'aveux, simplement un bon flag ! Vous serez en accord avec votre conscience et vous m'aurez cependant aidée. Au revoir, Docteur ! Bon week-end !

*

Ce soir-là, Agnès a accepté de rester de garde au commissariat. D'une part, elle n'a aucun plan passionnant pour meubler sa solitude, par ailleurs, elle ne désespère pas d'obtenir davantage de confidences de Laurence Lemaire qu'elle devra libérer le lendemain matin. Elle va chercher deux portions de nems au restaurant asiatique de la rue, deux canettes de bières à la supérette voisine et elle revient s'installer à son bureau, après avoir demandé à un gardien de mener l'animatrice de télé jusqu'à elle. Dans son esprit, elle se fixe trois objectifs : en savoir davantage sur les relations entretenues par Laurence avec les notables impliqués, la forcer à fournir davantage de détails sur les pratiques qui se déroulaient dans la maison du diable, en apprendre un peu plus sur les procédés utilisés par le clan Compan et le pouvoir qu'il exerce encore sur la région.

Mine défaite, yeux cernés, corsage et veste de toile froissés, maquillage défraîchi et coiffure peu soignée, la reine de l'écran n'arbore pas son éclat des grands jours, bien loin de là ! Agnès lui propose de s'asseoir en face d'elle et lui tend un sachet de nems et une canette en s'excusant de la frugalité du dîner, peu en rapport avec les cocktails, lunches et buffets auxquels elle est habituée. Tout en croquant dans un rouleau de printemps, la policière tente une première approche en avançant que, selon les allégations de l'un de ses voisins, une voiture l'attendait devant chez elle, la nuit passée. Pourtant, elle se trouve encore en vie.

Laurence est perdue, fatiguée, usée, elle ne sait comment agir. Parler malgré les menaces de Corentin Le Meur, persister à se taire face à l'évidence ? Ses nerfs sont épuisés, pas de taille psychiquement à supporter une telle torture morale. Les heures de garde à vue ont accompli leur travail destructeur. Elle mord dans un nem du bout des dents, réclame un verre d'eau. Elle a subitement chaud et enlève sa veste, elle est blanche comme un linge, proche de l'évanouissement…

— Un homme est venu me menacer de me tuer si je révélais ce que je savais sur le business de Maxime ! finit-elle par balbutier. Ne m'obligez pas à dire davantage, sinon, je risque gros.

— Tu n'es pas en position de dicter des conditions, Laurence ! lance la policière en lui tendant le verre d'eau. À cette heure, tu restes suspecte et je peux demander la prolongation de ta garde à vue pour vingt-quatre heures supplémentaires. Le visiteur nocturne, c'est Corentin Le Meur en personne, pas vrai ? La description du véhicule fournie par le témoin correspond au sien. Tu parles, tu es libre sur-le-champ et la police assure ta protection ; je m'y engage personnellement. Tu te tais, tu deviens sa complice et tu partages l'addition avec lui. Ta carrière télévisuelle est déjà passablement plombée ; à présent, tu joues tes dix prochaines années ! L'ombre ou le soleil…

— L'ombre de la prison ou les ténèbres d'une tombe, je ne vois pas bien la différence, réplique Laurence dans un profond soupir. Et les gens s'imaginent que ma vie est merveilleuse, faite juste de strass et de paillettes, s'ils connaissaient la vérité…

— Ne me sors pas les violons, j'ai horreur du crincrin ! Mon offre va bientôt expirer. Je te laisse deux minutes pour réfléchir, je vais me chercher un café. Tu en veux un ?

Laurence décline le petit noir d'un geste de la tête. Elle réfléchit, enfin, elle essaie. Tout se brouille dans son esprit. Comment prendre la bonne décision ? À ce jour, son entourage a toujours décidé pour elle. Pour sa carrière, pour sa vie personnelle, pour son patrimoine matériel. Agnès se balade dans le couloir avec son café. Elle se dirige vers les cellules dans lesquelles croupissent quatre membres du clan Le Meur. Corentin la fusille du regard, Arnaud semble perdu dans des pensées floues, Quentin dort, allongé sur la paillasse, le blouson sous la tête. À côté, Nathalie s'emporte et menace à nouveau la policière : lorsque la vérité éclatera, elle subira l'humiliation de sa vie et sera mutée aux îles Kerguelen où elle veillera sur les phoques et les otaries ! Agnès ne se donne pas la peine de répondre, elle sait que les contours de son enquête se dessinent lentement, qu'elle cerne les coupables. Quand elle revient à son bureau, Laurence a pris sa décision et parle :

— Corentin Le Meur est venu me dire qu'il avait éliminé Anne et Maxime car ils l'avaient entubé dans les affaires, pour le compte du père Compan. Par contre, il ignorait que Grace se trouvait dans la maison quand Gaëdic a été violée. Il m'a ordonné de tout lui raconter dans le détail, j'ai accepté pour libérer ma conscience. Et aussi par crainte de sa réaction. Il a promis de réclamer des explications à sa juriste dès le lendemain matin, il semblait très irrité par cette nouvelle cachotterie après celle de son ami d'enfance ! Il est coupable pour les Lantier, pas pour Grace Miller ni les autres filles.

— Très bien, nous avançons ! déclare Agnès, satisfaite. Il nous suffit de trouver les corps et Corentin Le Meur croupira en prison pour quelque temps ! Pour le serial killer, il nous faut encore faire un effort toutes les deux, Laurence ! Je vais t'aider : tu réalises que si Grace parle à son patron de ses petits secrets, tu restes l'ultime suspecte à ses yeux, aussi la butes-tu dans la nuit, pour éliminer la dernière bavarde potentielle. Tu possèdes suffisamment d'influence sur elle, comme sur les autres filles, pour l'attirer dans un endroit paisible et l'éliminer. Bien sûr, tu vas nier les faits ! Seulement, je vais réunir des indices pour te faire plonger, ma grande. Au fait, à l'époque, quand tu as su ce qui était arrivé à Gaëdic Morvan et surtout lorsque tu as appris son suicide, pourquoi n'as-tu pas prévenu la police ? Tu débarquais à peine, tu n'avais rien à craindre…

— D'abord, je n'ai tué personne, je vous le jure ! panique l'animatrice en gigotant sur son siège. Pour le passé, comme les autres filles, j'ai eu peur des représailles. Il faut me comprendre, j'aurais très bien pu tomber sur un flic qui aurait prévenu le père Compan de ma démarche et morfler dans l'heure qui aurait suivi… Vous ne pouvez pas comprendre, vous vivez du bon côté de la barrière, celui qui permet de juger sans connaître la réalité des situations. Si je devais me trouver confrontée au même dilemme, j'agirais à nouveau ainsi car sinon, Dieu seul sait où je serais à cette heure. D'ailleurs, les autres pensaient comme moi. Pas une seule ne regrettait son choix. Dans la vie, il y a des gagnants et des perdants. Gaëdic Morvan était une perdante, dès le départ. Mignonne, bien potelée, mais pas un brin de personnalité. Elle sortait de sa campagne et avait seulement laissé ses sabots crottés à l'entrée de la maison. Selon les autres filles, elle était paumée alors, si ce n'avait pas été Compan et sa bande qui l'avaient prise, elle serait passée à la casserole avec d'autres gars qui lui auraient appris la vie. Non, elle ne valait pas notre sacrifice et vous auriez été à notre place, vous n'auriez pas pris le risque de sacrifier votre vie pour une fille comme elle.

— Je constate seulement que Karen, Clémence, Florence, Gabrielle et Grace sont mortes malgré tout ! ricane Agnès, satisfaite de l'avancée. Ce qui signifie que Gaëdic Morvan comptait au moins pour une personne. On peut penser que tes copines ont bénéficié d'un sursis d'une vingtaine d'années ; on peut également imaginer qu'elles seraient encore en vie à présent, si elles avaient parlé. Et que, de ton côté, même si tu es toujours vivante, ton esprit serait un peu moins tourmenté si tu avais fait le bon choix. Mais on ne refait pas l'histoire… Tes copines ont été refroidies, tu es toujours de ce monde et tu es même libre car tu m'as livré la tête de Corentin Le Meur ! En bonus, je vais demander une protection pour ta superbe personne car j'ai besoin de ton témoignage au procès. Finalement, tu avais sans doute raison, cette Gaëdic Morvan ne méritait pas votre sacrifice, surtout le tien ! Allez, accompagne-moi pour signer ta sortie et ne me remercie pas ! Tu as tes intérêts, j'ai les miens ! Oh, bien sûr, tu ne bouges pas le petit doigt sans me prévenir car, en plus d'un éventuel serial killer sur la liste duquel tu serais le dernier nom, s'il ne se cache pas derrière tes traits, d'ici quelques jours, les sbires de Le Meur vont comprendre qui a balancé leur patron. Aussi ne saurais-je trop te conseiller de te tenir à carreau à ton domicile et d'ici une poignée de semaines, tu reviendras au premier plan par la grande porte, tu seras une héroïne qui racontera son morceau de bravoure sur tous les plateaux de télé du pays et tu te feras un maximum de blé. Et Gaëdic Morvan ne viendra plus jamais te tourmenter !

*

Vendredi, 10 heures. Il pleut à nouveau sur Nantes l'un de ces crachins fins qui vous trempent en moins d'une minute. Une fois son service nocturne achevé, Agnès rentre à son hôtel pour se reposer une heure ou deux et se changer. Elle n'arrive pas à dormir, trop d'images s'entrechoquent dans sa tête en cette période ! Elle veut regarder la télé, seulement aucun programme ne la satisfait. En fait, elle constate que, dans sa jeunesse, elle ne s'est jamais véritablement plu à Nantes et que, vingt années plus tard, elle éprouve le même sentiment trouble en elle, comme si cette cité ne souriait qu'à ses enfants, pas à ceux qui viennent d'ailleurs. Elle finit par trouver le sommeil pour une petite heure, avant que le réveil ne sonne et qu'elle ne se lève comme un robot pour aller se laver puis se préparer pour une nouvelle journée importante.

Une fois prête, par la fenêtre, elle contemple les eaux grises de la Loire et, sur la berge, un peu plus loin, des façades de même couleur. Un temps à sombrer dans la déprime si le début de la nuit ne lui avait permis de faire plonger Corentin Le Meur ! Elle imagine la tête des membres de son équipe quand ils vont noter l'absence de Laurence Lemaire et apprendre que la reine de la télé a osé balancer le caïd. Justement, dans une demi-heure, elle a rendez-vous avec lui et son avocat, le sémillant Xavier Labarthe, mouillé comme son client dans toutes les combines de la région. Aujourd'hui c'est jour de fête, pense-t-elle, en sortant de sa garde-robe un tailleur pied-de-coq de marque, des bottes et un pull noir. Elle veut sortir le grand jeu au patron véreux et à son défenseur. Elle saisit son trench et son sac à main, descend par l'ascenseur jusqu'au hall avant de grimper dans le taxi qui l'attend au pied de l'hôtel.

Un peu plus tard, elle se trouve face à Corentin Le Meur et à son bavard qui, pour l'instant, ne pipe mot, curieux de voir se confirmer la nouvelle que son client lui a confiée : Laurence Lemaire s'est mise à table. Forte de ce qu'elle sait, Agnès fait durer le plaisir en demandant à nouveau au patron son emploi du temps de l'avant-veille au soir. Corentin Le Meur confirme le dîner familial et la présence de Grace Miller, partie rejoindre son domicile peut-être un peu plus tôt que son épouse et lui ne l'avaient déclaré dans leur première déposition. Ils se sont basés sur la comtoise du salon, elle n'est sans doute pas très fiable.

— Comment expliquez-vous alors qu'un voisin du domicile de mademoiselle Lemaire a reconnu votre voiture dans sa rue ? interroge Agnès, sûre de son fait. Et ne me dites pas que notre témoin est aussi peu fiable que votre comtoise, j'ai pris les assurances nécessaires pour que vous ne m'importuniez pas sur ce point. Et si vous avez pris soin de traverser Nantes pour aller rencontrer Laurence Lemaire, puis-je connaître la raison de cette visite qui ne pouvait attendre le lendemain ? Ne me parlez pas non plus de relations intimes.

je ne croirais pas une seconde que vous partagiez le corps de cette superbe femme avec Maxime Lantier.

— Commandant, coupe maître Labarthe, vous proférez de lourdes accusations à l'encontre de mon client sur la base d'indices peu convaincants. Un témoin aurait vu la voiture de mon client en un lieu où il prétend ne pas se trouver… Une prévenue l'aurait désigné comme coupable de je ne sais quel crime, en parfait bouc émissaire, pour pouvoir bénéficier d'une mesure de clémence de votre part. Tout cela n'est pas très sérieux, vous me décevez beaucoup, je m'attendais à davantage de rigueur de votre part… Je pensais visiblement à tort qu'à votre niveau, après une année de stage aux États-Unis, un officier de police fondait ses incriminations sur des preuves plus solides ! Aussi vous demanderais-je de remettre monsieur Le Meur en liberté, de même que son épouse et ses fils ! Il a une société à gérer et je crains que, si sa garde à vue devait se prolonger, vous portiez la responsabilité d'une catastrophe sociale majeure sur les épaules. Le groupe CLM-BTP emploie près de trois cents salariés, dois-je vous le rappeler ?

Agnès s'apprête à poursuivre son réquisitoire lorsque Hicham El-Saïd frappe à la porte pour lui réclamer quelques minutes en aparté. Il annonce à son chef qu'un corps vient d'être repêché dans le marais de Brière et qu'il s'agit du cadavre d'Alexandre Lantier. Il s'agit d'un règlement de compte qui remet en cause définitivement l'éventualité d'un départ à l'étranger de l'ensemble de la famille. La nouvelle ne surprend pas Agnès, elle confirme même le scénario qui s'échafaude de plus en plus nettement dans son esprit.

— Où sont les lieutenants, Capitaine ? interroge la policière. Je ne les ai pas vus de la matinée.

— Ils sont allés secouer Amandine Laval, enfin Dyna, la copine de Quentin Le Meur. Annabelle est convaincue qu'elle sait beaucoup de choses et que, sous ses allures solides, elle ne possède pas une énorme trempe morale. De plus, elle possède un ascendant psychologique sur elle depuis longtemps, elle pense pouvoir en profiter pour la contraindre à tout balancer. Je n'ai pas voulu vous déranger, je lui ai donné mon accord en exigeant que Julien l'accompagne. J'ai eu tort ?

— Non, c'est parfait, Capitaine ! ponctue Agnès en se retournant pour rallier son bureau, avant de s'arrêter net. Puis-je vous solliciter pour me remplacer dans la poursuite de l'interrogatoire de Le Meur ? Un détail me turlupine que je dois vérifier rapidement. Gagnez du temps jusqu'à mon retour, par exemple en leur parlant du corps du fils Lantier, retrouvé dans le marais de la Brière, qui va certainement livrer ses secrets. Reprenez chaque pièce du dossier pour meubler la matinée en attendant mon retour. C'est dommage que le lieutenant Fontaine ne soit pas là, j'avais besoin de lui pour me seconder ! Je vais prendre un bleu comme chauffeur. Ou le commissaire, tiens ! Le terrain lui manque, paraît-il…

*

Rarement dans son existence, Laurence Lemaire n'a apprécié une grasse matinée comme celle qu'elle vient de s'offrir. Sans parler du plaisir à venir d'un bain plein de bulles à bonne température ! Elle a téléphoné à la station pour prévenir de son absence en expliquant que, témoin d'un meurtre, elle ne doit pas quitter sa résidence car elle est sous la menace du criminel. Une fois libérée de ces formalités professionnelles, elle s'est plongée dans la mousse d'un bain tiède pour se détendre, en s'estimant chanceuse de s'en tirer à si bon compte. Elle s'est barricadée chez elle et, pour plus de sécurité, n'a pas ouvert les volets, elle a juste jeté un œil pour constater que le véhicule des policiers chargés de la protéger n'avait pas encore pris son poste. À moins qu'ils ne planquent un peu plus loin…

Finalement, elle a rarement le temps de profiter de son domicile, une agréable demeure dans un quartier résidentiel, que lui avait trouvée Maxime Lantier. Entre son travail à la télévision, les obligations mondaines et les rendez-vous avec son amant, elle menait une vie trépidante qui vient de se briser avec la mort de Maxime. Sans parler de son avenir professionnel, plus que compromis, et de son impossibilité, dans un premier temps, à honorer les engagements officiels qu'elle avait pris et qui occupaient presque toutes ses soirées.

Elle aimait cette vie qui lui apportait la reconnaissance des notables et du public, elle adorait se voir accoster dans la rue par une personne venant solliciter un autographe, susciter l'admiration d'une personnalité de la ville, salivant de passer un moment en sa compagnie, lors d'une soirée. Elle appréciait cette ville qui l'avait accueillie à bras ouverts et dans laquelle elle se sentait pleinement intégrée, au point d'avoir été choisie, une année, comme marraine de l'équipe première des Canaris ! Elle avait choisi une vie de paraître et n'avait pas été déçue par son parcours, avec en point d'orgue l'amour passionnel qui l'unissait à Maxime Lantier, l'homme qui lui avait tout apporté. Noyée sous les bulles, elle repasse le film de leurs instants les plus émouvants, dans l'incapacité d'imaginer son compagnon de tendresse disparu à jamais.

*

Sur le parking d'un fast-food situé sur la route de Saint-Nazaire, sous le pont de Cheviré, la discussion est vive entre deux policiers et une serveuse contrainte de quitter son service pour répondre à quelques questions. Amandine Laval a appris l'arrestation de Quentin, son copain, de son frangin Arnaud et de leurs parents, comme beaucoup de gens, en écoutant les bulletins d'information de la radio locale. Par conséquent, elle n'a pas été surprise de recevoir la visite de policiers. Annabelle se plaît à noircir le tableau de l'avenir qui attend Dyna si elle ne coopère pas. Pourtant, la fille ne craque pas, consciente que si elle charge les membres du clan Le Meur, le retour de bâton sera cuisant. Elle est comique dans son costume Mac Do avec son bibi sur la tête, ce que ne manque pas de souligner Annabelle, assise au volant de la voiture de police :

— Cela te change du casque intégral et de la combinaison ! pouffe-t-elle en jouant avec la coiffure de sa rivale. Je comprends que tu ne te vantes pas de travailler ici, les mecs seraient pliés en deux à te voir ainsi accoutrée ! Comme cela, tu ne peux rien m'apprendre de croustillant sur la famille Le Meur ? C'est dommage pour toi ! Tu vas passer des années en taule pour les beaux yeux d'un mec qui se fiche complètement de ta petite gueule. Remarque, ce sont tes oignons. Ce n'est pas ma vie. Libre à toi de fantasmer sur un loser !

— Tu ne comprends pas que notre patronne ignore que nous sommes venus te voir ! insiste Julien Fontaine, assis à l'arrière. Seulement, lorsque Corentin Le Meur le premier, ses fils ensuite, ont expliqué que tu avais buté ces filles car tu avais pété un câble et que tu détestais les bourges, nous avons réagi car nous pensons qu'ils veulent te faire porter un chapeau plus grand que la taille de ta petite tête. Nous avons pris la décision de te prévenir avant que les collègues ne viennent officiellement t'arrêter. Car ensuite, ce sera ta parole face à celle d'un clan puissant, bardé d'avocats qui te feront plonger pour perpète. En fait, dans l'histoire, tu risques de finir tes jours en prison alors que je suis convaincu que tu es innocente.

— Vous mentez pour que je craque, mais je tiendrai le choc, je ne suis pas une balance ! répète Amandine en tournant la tête pour regarder la pluie qui tombe à travers la vitre embuée. Jamais Quentin ne m'impliquerait dans ses affaires et le père Le Meur m'ignore totalement.

— Il te reste une ou deux minutes pour réfléchir et prendre la bonne décision ! insiste Annabelle alors que des mugissements de sirènes se font plus proches, émanant à coup sûr de véhicules de police. Tu nous aurais dit ce que tu savais, on aurait pu plaider ta cause auprès de notre patronne… Bon, puisque tu joues les carpes, nous ne te retenons pas ! Pauvre fille, tu te seras vraiment fait entuber !

— C'est bon, je vais tout vous dire, je ne veux pas me retrouver en prison. J'étais avec Quentin lorsque son père l'a appelé pour lui commander de venir tout de suite le rejoindre et d'annuler son programme de la soirée. Parfois, nous allons aussi apporter de grosses enveloppes à des gens dans des parkings souterrains. C'est bien payé et nous ne prenons aucun risque. Un jour, j'ai demandé à Quentin pourquoi il ne t'avait jamais proposé de participer au business, Nabi. Il m'a répondu qu'avec ton nez de fouine, tu ne pourrais t'empêcher d'ouvrir l'enveloppe et de signer par ce fait ton arrêt de mort. Il voulait éviter les problèmes avec son père. Souvent l'envie m'a démangée de regarder le contenu du paquet, jamais je n'ai osé. Je peux par contre vous faire le portrait des quatre ou cinq personnes qui bénéficiaient de ces enveloppes, si cela sert mes intérêts… Vous êtes satisfaits, vous avez ce que vous voulez ? Je n'ai pas tué ces filles, je vous le jure ! Je ne veux pas aller en prison.

— Je sais très bien que tu es incapable de faire du mal à une mouche, Dyna, malgré ta ceinture marron de judo ! réplique une Annabelle hilare en tapotant la joue de la serveuse. Heureusement que tu n'es pas une balance, je ne vois pas ce que tu aurais pu ajouter de plus, pour faire plonger les frangins et leurs parents, ma chérie ! Allez, va te changer et expliquer au gérant que tu dois effectuer un aller-retour au commissariat pour signer ta déposition, on va coucher tout cela noir sur blanc…

*

Une fois sortie de son bain, Laurence Lemaire enfile un peignoir, enroule une serviette autour de ses cheveux humides et effectue un peu de ménage chez elle. Invariablement, elle tombe sur une photo ou un objet qui lui rappellent Maxime et elle sent le spleen voiler son esprit. Pour tenter de se ressaisir, elle ouvre un volet, note au passage que ses anges gardiens pointent toujours aux abonnés absents, puis se dirige vers la chaîne hi-fi pour allumer le tuner. Lumière et musique changent très vite l'atmosphère de la pièce et l'humeur de sa résidante. Elle saisit un chiffon pour épousseter les meubles et se prend même à fredonner un refrain populaire qui passe sur les ondes. Elle sent une présence dans son dos et se retourne avant de pousser un cri d'épouvante. Une jeune fille athlétique, d'une vingtaine d'années lui fait face, un pistolet à la main. Elle ne la connaît pas, mais comprend qu'il doit s'agir de la tueuse de ses amies de jeunesse.

— Ainsi, tu n'as pas pu t'empêcher de te déboutonner devant les flics, sale pétasse ! crache l'intruse du fond de ses tripes, avec suffisamment de haine dans le regard pour que Laurence comprenne ses intentions. Mon père t'avait pourtant fait promettre de la boucler, seulement tu as cru que tu pouvais blouser les membres de la famille Le Meur…

— Vous êtes Julie ? bredouille Laurence en reculant jusqu'à sentir les ouvrages de la bibliothèque dans son dos. Je n'ai rien dit à la police, il s'agit d'un piège pour coincer celui ou celle qui s'en prend aux filles qui ont vécu avant vous dans la maison que vous occupez. Des policiers sont en planque devant chez moi, ils ne vont pas tarder à pénétrer de force dans la maison, il vous reste peu de temps pour vous enfuir.

— Tu mens, une fois de plus, tu ne sais faire que cela, mentir, d'ailleurs mon père dit qu'à la télé, ce ne sont que des mensonges ! hurle Julie en retirant le sac qu'elle porte dans le dos pour le poser sur un fauteuil. Allez, à genoux, la grande cruche du Pays de

Loire ! À présent, enlève ton turban et ton peignoir !

— Vous commettez une grosse erreur, Julie, vous allez bousiller votre vie pour rien ! ânonne Laurence, totalement terrorisée, en enlevant la serviette qui entoure sa chevelure. Je vous jure qu'il s'agit d'un piège et que les poulets ne vont pas tarder à débarquer…

— Arrête de chercher à m'embrouiller et défais ton peignoir, sale moucharde ! ordonne la jeune fille en appuyant le canon de son arme sur la tempe de l'animatrice. Allez, plus vite que cela ! C'est bien, te voilà obéissante. Jolie silhouette, belle poitrine, je comprends que Maxime n'ait pas pu résister. Allez, lève-toi et mets tes mains dans le dos !

Tétanisée et muette, Laurence obéit désormais, réalisant que les policiers ne viendront pas la sauver. Le commandant Delacour l'a trahie, à coup sûr, satisfaite de savoir qu'elle allait bientôt endurer le martyre subi par Gaëdic Morvan. Julie Le Meur se dirige vers son sac en gardant à l'œil sa prisonnière docile comme une enfant prise en faute. Elle en sort un rouleau de ruban adhésif et se replace derrière Laurence pour lui enrouler la bande autour des poignets. Elle lui ordonne ensuite de s'asseoir sur le canapé en cuir après lui avoir tapoté les fesses toujours recouvertes par un slip noir à dentelles.

— Maintenant, c'est l'heure du biberon, ma grande ! ricane Julie en sortant une bouteille de cognac de son sac. Voilà comment procède le serial killer, non ? Ainsi, mon père sera disculpé de cette série de meurtres, puisqu'il se trouve toujours derrière les barreaux, et tout rentrera dans l'ordre dès que les policiers retrouveront ton corps. Six poltronnes aux premières loges d'un viol collectif, six cadavres à la morgue, la boucle est bouclée. Allez, ouvre la bouche, la star du petit écran !

Les mains attachées, Laurence ne peut que se soumettre aux ordres de Julie qui lui penche la tête en arrière avant de lui enfoncer le goulot dans la bouche. Quelques gouttes dégoulinent le long du cou puis de la poitrine que la jeune fille s'empresse de lécher goulûment, prenant infiniment de plaisir à ce petit jeu. Le flacon se vide rapidement ; au bout d'un moment, la tête de Laurence commence à tourner, son regard se voile et ses paroles deviennent moins compréhensibles. D'ordinaire, elle tient l'alcool, mais là, à jeun… Julie la relève pour la guider vers la chambre en n'omettant pas de placer le rouleau de ruban adhésif dans la poche de son blouson. La prisonnière titube et sa ravisseuse doit la soutenir pour ne pas qu'elle trébuche en butant sur les objets bas, situés sur sa route. Elles se trouvent toutes les deux dans le couloir quand la porte d'entrée s'ouvre brusquement. Agnès entre et demande à Julie de lâcher son arme. D'instinct, celle-ci refuse de se plier à l'injonction et se retourne vers la policière, revolver au poing. La policière tire et la jeune fille s'effondre, touchée au ventre. Agnès se penche sur elle et demande à Laurence d'appeler des secours, seulement l'animatrice en est totalement incapable, quasiment ivre morte. Le commissaire Jourdan s'en occupe alors qu'Agnès allonge la victime sur le canapé et bouche au mieux la plaie avec sa main. Un peu plus loin, Laurence Lemaire avance à quatre pattes vers le fauteuil pour tenter de s'y allonger ; elle est sauve, mais elle ignore encore qu'elle vient de frôler la mort.

*

Midi, commissariat de Nantes. Le clan Le Meur apprend que la petite dernière, la seule encore en liberté, lutte pour survivre, interpellée alors qu'elle s'apprêtait à faire subir à Laurence Lemaire le même sort qu'à ses cinq amies. Corentin ne peut y croire. Comment sa fille a pu se rendre coupable d'un tel geste ? La maman, Nathalie, réalise que son unique raison de vivre va se trouver accusée de crimes qu'elle n'a pas commis. Elle s'avance pour demander à parler à un officier de police, elle désire avouer les meurtres de Karen, Clémence, Florence, Gabrielle et Grace. Son mari la regarde, abasourdi.

— J'ai agi de la sorte car si ces cinq filles avaient fait preuve d'un peu plus de courage, je n'aurais pas subi plus tard un viol et un chantage dont je ne me suis jamais remise. Oui, Corentin, je ne t'en ai jamais parlé, mais le père Compan m'a inscrite à son tableau de chasse, avec ses amis Labarthe et Raspail. Que crois-tu qu'il arrive à une femme comme moi lorsque son mari, chevalier d'industrie notoire, la délaisse quelques jours ? Et tu pensais le tenir alors qu'il a fait de moi sa chose tant que cela lui a chanté ! À partir de 40 ans, j'ai été épargnée de ces humiliations, ces goujats se sont certainement tournés vers du gibier plus frais, la région n'en manque pas ! Mais avant, ils s'en sont donné à cœur joie dès que tu avais le dos tourné. Toujours sans violences apparentes, pour que tu ne te doutes de rien ; par contre, à l'intérieur, ils m'ont détruite ! Et je ne te parle pas de cette peste d'Anne qui n'a pas arrêté de m'humilier, chaque fois que tu t'en prenais à Maxime ou à son père.

— Pourquoi ne m'en as-tu jamais parlé ? J'aurais pu régler ce différend de façon définitive ! réplique Corentin Le Meur, éberlué, oubliant qu'il se trouve dans un commissariat. Je te promets que ce salaud de Compan ne va pas l'emporter au paradis !

— Pour t'en parler, encore aurait-il fallu que tu m'écoutes, mais c'est une autre histoire. Je n'avais pas achevé ma besogne, il restait Laurence Lemaire, elle qui parade tous les jours à la télé. Julie est la seule qui connaît mon secret, elle aura voulu prendre le relais… Je ne vois que cette explication. Messieurs les policiers, je suis prête à signer des aveux complets et, si ma fille s'en sort, j'aimerais qu'elle bénéficie de circonstances atténuantes…

— Julie est le fruit de vos rapports forcés avec Roger Compan, n'est-ce pas ? interroge Agnès, arrivée entre-temps devant la cellule. Mais est-ce encore une question ? Sa plus grande victoire face à ses rivaux en affaires, Compan la prenait de la sorte, en violant leurs femmes et en leur faisant des gosses qu'il voyait grandir, choyés par ses pires ennemis. Quels procédés abjects !

— Julie est une bâtarde ? balbutie Corentin Le Meur, totalement groggy, en regardant ses fils, incapables de prononcer une parole. Dire que je comptais sur elle pour prendre les rênes de mes sociétés, le moment venu ! C'était la plus douée parmi mes enfants et c'est une bâtarde !

— N'utilisez plus jamais ce terme dégradant à propos d'êtres humains, monsieur Le Meur, je vous l'interdis ! intervient Agnès en s'avançant avec détermination pour fixer le patron. Elle vaut tellement mieux que vous qui éliminez vos adversaires en les noyant dans des marais, en les balançant du pont de Cheviré et en utilisant certainement d'autres manières aussi écœurantes ! Là où je vous rejoins, c'est que nous allons régler le cas de Roger Compan de manière définitive, en lui laissant jusqu'à son dernier souffle pour expier ses péchés derrière les barreaux ! Capitaine El-Saïd, je vous laisse prendre la déposition de madame Le Meur… Prenez aussi celle de son mari, il me semble en veine de révélations croustillantes sur son business. Lieutenant Martinet, rendez-vous à l'hôpital auprès de la jeune Julie pour recueillir ses aveux, dès qu'elle sera en état ! Lieutenant Fontaine, je vous sens de taille à interroger Arnaud et Quentin pour confronter leur version de certains faits à celle d'Amandine Laval. Pour ma part, je vais prendre l'air, j'étouffe dans cette atmosphère glauque ! Je veux toute l'équipe sur le pont à 14 heures pour prendre la direction d'Ancenis. Nous avons un autre nid de vipères à débusquer…

*

Avant de poursuivre sa journée, Agnès s'accorde un court moment de répit et quel endroit plus approprié que l'île de Versailles pour recouvrer un semblant de sérénité intérieure ? Dire qu'à la base, l'île a été constituée avec les gravats collectés lors du creusement du canal de Nantes à Brest ! Les ouvriers d'alors n'auraient jamais imaginé que ce lieu se métamorphoserait plus tard en un superbe jardin japonais ! Avec rocailles, cascades, pièces d'eau et ce fameux jardin zen que les Asiatiques considèrent comme essentiel à la méditation. Dire que du temps de sa jeunesse, voilà une vingtaine d'années, il s'agissait encore d'un immense chantier ! Elle respire profondément l'air pur pour évacuer les miasmes qui embrument sa réflexion ; à la faveur d'un crachin persistant, elle sent sa tête se rafraîchir encore un peu plus et ses idées se remettre en place dans son esprit.

Revenue sur le quai Henri Barbusse, Agnès hèle un taxi pour se faire conduire vers Rezé car elle a rendez-vous au domicile de Brigitte Beauvais, la psychanalyste, à quatorze heures. Elle aura deux heures d'avance, tant pis ! Elle met la durée du parcours à profit, pour élaborer une stratégie avec cette femme qui possède sûrement beaucoup d'éléments déterminants, mais qui va se protéger derrière le secret professionnel. Après cette matinée, la priorité de son enquête s'oriente vers Roger Compan et ses acolytes. Elle veut qu'ils paient pour l'ensemble de leurs ignominies, dignes des pires barbaries d'époques que l'on imaginait révolues. Elle possède un plan de bataille imparable pour les faire tomber, seulement, elle se promet de téléphoner auparavant à Édouard Raspail pour le mettre au courant de sa stratégie, en espérant qu'il ne prévienne pas son père de la visite de la police.

Quand le taxi s'arrête devant la belle demeure de Brigitte Beauvais, par habitude professionnelle, Agnès reste un long moment à la porte, s'imprégnant du lieu pour en apprendre un peu plus sur la personnalité de sa propriétaire. Enfin, elle secoue la sonnette, la psychologue sort en protestant de l'arrivée prématurée de son rendez-vous. En faisant entrer la policière, elle lui explique qu'elle s'apprête seulement à prendre son repas et finit par l'inviter à partager ses carrés de poisson pané.

Agnès avoue qu'elle n'a pas très faim et réclame juste un café très serré. Toutes deux se regardent un long moment avant d'entamer le dialogue. La psy se lance la première :

— Je sais à présent d'où je vous connais ! J'ai une extraordinaire mémoire visuelle et j'ai repris mes fiches de l'époque des événements qui vous préoccupent. Vous étiez la meilleure amie de Gaëdic Morvan ! Vous l'avez accompagnée ici, à deux reprises car elle se sentait complètement perdue après son drame. Vous ne compreniez pas pourquoi les autres filles avaient refusé de se rendre au commissariat pour confirmer sa plainte. Vous étiez révoltée…

— Nathalie Le Meur vient d'avouer les meurtres de Karen, Clémence, Florence, Gabrielle et Grace. Sa fille Julie a tenté de suppléer sa mère ce matin pour éliminer Laurence Lemaire. Je suis intervenue à temps pour éviter un nouveau drame. Nathalie a évoqué ouvertement les viols dont elle a été l'objet de la part de Roger Compan et de ses acolytes. Elle a aussi justifié le geste de sa fille en expliquant que Julie était née de l'un de ces viols qui n'auraient pas eu lieu si ces six filles avaient accepté de témoigner. Mais je ne vous apprends certainement rien, Docteur, ces informations, elle vous les avait déjà communiquées lors de séances sur votre divan. Comme tant d'autres victimes que vous avez patiemment écoutées, depuis vingt ans, sans pour autant agir de manière efficace pour éviter la vengeance en série…

Brigitte Beauvais ne répond pas aussitôt. Elle profite du signal de la machine à expressos pour se tourner vers celle-ci et revenir avec la tasse pleine et fumante. Elle découpe avec minutie son carré de poisson pané, avale une première bouchée avant de regarder fixement Agnès qui ne l'a pas quittée des yeux. Une lutte d'influence s'établit entre les deux femmes, dotées d'une même patience, fruit de leur expérience professionnelle. Un dialogue sans parole s'instaure alors, dans lequel chacune des protagonistes pompe en l'autre les réponses qu'elle cherche. Une fois de plus, c'est la psy qui prend l'initiative de la conversation :

— Vous et moi savons pertinemment que Nathalie Le Meur n'est pas la responsable de cette série de crimes rituels, Commandant ! La manière de procéder révèle qu'il s'agit d'une personne qui a vécu ce calvaire directement ou qui l'a entendu raconter de la bouche de la malheureuse Gaëdic. Même si Nathalie Le Meur a vécu une humiliation semblable, quelques années plus tard, le mode opératoire de Compan fut différent, avec une notable comme elle, de celui qu'il utilisait avec de jeunes proies inoffensives. Et surtout, aucune proche de cette femme n'a assisté à la scène sans broncher ! Non, l'auteur des faits est encore en liberté, selon moi. Mais je ne suis pas policière.

— Je suis chargée de l'enquête et j'ai les aveux d'une coupable, cela me suffit ! Ce soir, une fois Roger Compan et ses amis appréhendés pour l'ensemble de leurs méfait, je bouclerai le dossier, après un ultime point avec le commissaire Jourdan. Dès demain, il sera transmis au juge d'instruction. Pour ma part, je vais quitter la région, il m'est insupportable de rester à Nantes après une pareille enquête ! Et puis, trop de souvenirs nauséabonds remontent à la surface de ma mémoire ! Finalement, les États-Unis, ce n'était pas si mal…

— Vous allez laisser une innocente payer pour des crimes qu'elle n'a pas commis ?

— Elle a signé ses aveux et les appareils policier et judiciaire sauront s'en satisfaire. Nous sommes toutes deux les seules à connaître la vérité et votre statut professionnel vous interdit de parler, vous me l'avez expliqué à ma première visite. De plus, si vous aviez dû vous exprimer, vous l'auriez fait depuis vingt ans, non ?

— Décidément, vous êtes une femme bien étonnante ! Je ne sais quoi vous dire, Agnès…

— Au revoir ou adieu, à votre convenance, cela se fait couramment avant un départ…

VII

Vendredi, 14 heures 30, domaine des Jards à Ancenis, en bordure de Loire. Panique dans la propriété de la famille Compan ! Le patriarche, Roger, effectuait sa sieste quand Hicham El-Saïd, qui connaît déjà les lieux pour être venu – inutilement – prendre des nouvelles d'Anne, l'a sorti du lit sans ménagement pour l'inviter à rejoindre le reste de la tribu au rez-de-chaussée. Son fils Marc, l'aîné de ses enfants, et son épouse Bernadette, qui dirigent désormais tous deux la société spécialisée dans le dragage du fleuve pour la vente de sable et de matériaux de construction, le gendre Claude et son épouse Josiane, la sœur d'Anne, qui ont repris la société immobilière rassemblant les bâtiments familiaux.

Tout ce petit monde voit le dieu vivant, Roger Compan, l'être qu'ils craignent autant qu'ils le vénèrent, se faire arrêter pour viols répétés en attendant d'autres inculpations pour détournement de biens, trafic d'influence, corruption et bien d'autres chefs d'accusation qui ne vont pas tarder à s'aligner au-dessus de sa tête.

— Vous n'avez pas la moindre preuve de ces faits, pas plus que de témoins ! beugle le vétéran en gesticulant pour empêcher Julien Fontaine de lui passer les menottes. Et puis sur de tels faits, si jamais ils étaient avérés, il existe une prescription légale de dix ans après lesquels les victimes ne peuvent plus porter plainte.

— Les lois changent, monsieur Compan, elles évoluent, comme les traditions locales ! assène Agnès en ricanant de dégoût. Surtout quand on parle de viols collectifs, de séquestrations de jeunes femmes, de tortures dignes des nazis, d'actes de barbarie inqualifiables ! Comme, par exemple le fait de forcer les victimes à des rapports non protégés pour les mettre volontairement enceintes ! Voilà l'homme que vous aduliez jusqu'à cet instant, Mesdames et Messieurs : un satyre immonde, un pervers manipulateur, un affairiste sans vergogne ! Lieutenant Fontaine, conduisez cette ordure au fourgon qui l'attend et dites aux fonctionnaires de le placer en cellule dès son arrivée au commissariat. À présent, lequel de vous aura le courage d'avouer qu'il savait et qu'il s'est tu ? Je vous laisse quelques minutes pour réfléchir car, une fois la procédure lancée, s'il est établi que vous aviez connaissance de ces faits et n'avez pas parlé aujourd'hui, vous serez poursuivis pour complicité de viol et d'abus de biens sociaux…

— Nous savions que notre père était un pervers ! balbutie Josiane, la fille, avant d'éclater en sanglots. Il nous avait juré qu'il ne pouvait rien lui arriver car il pouvait ouvrir un parapluie blindé au-dessus de sa tête et des nôtres. Il nous certifiait aussi que ces filles étaient consentantes. Nous l'entendions bien parler certains soirs, avec ses amis, de leurs parties de chasse au gibier à poil. Il faut le comprendre, notre mère a eu un accident de cheval, elle est restée paralysée alors que lui était encore gaillard.

— Parce que vous lui trouvez des excuses ? s'insurge Agnès en tapant du poing sur la table en bois massif. Vous, une femme qui aurait pu se trouver à la place de l'une de ces malheureuses !

— C'est quand même mon père ! susurre Josiane entre deux sanglots.

— Vous allez tous nous suivre au commissariat, nous allons prendre vos dépositions et vous placer en garde à vue, si nous le jugeons utile, pour complicité passive ! Capitaine El-Saïd, lieutenant Fontaine, vous allez conduire ces personnes à Nantes et commencer les interrogatoires ! Je veux savoir de manière exacte les cas que les uns et les autres connaissaient et les dates de ces forfaits, c'est important ! Des femmes en ont besoin pour se reconstruire ! Lieutenant Martinet, nous avons une dernière visite à effectuer, si vous voulez bien m'accompagner… Ensuite, nous rentrons, l'affaire sera quasiment bouclée, ce sera à la justice de trancher.

*

Lorsque les deux policières sonnent à la porte de la maison du père du juge Raspail, au centre-ville d'Ancenis, personne ne vient ouvrir. Cependant, les volets sont ouverts et une lumière semble allumée dans le salon. Il faut dire qu'avec ce temps gris... Un voisin s'approche pour savoir ce que cherchent les deux visiteuses et s'étonne que personne ne se manifeste car Gautier a reçu son fils en début d'après-midi et depuis, le vieux n'est pas sorti de chez lui. Il se déplace désormais difficilement et sa voiture est toujours sous l'appentis. Agnès casse aussitôt un carreau, fait le tour par l'intérieur pour ouvrir la porte et demande à Annabelle et au voisin de l'accompagner. Il ne lui faut pas beaucoup de temps pour découvrir le père Raspail gisant dans une mare de sang, la tête appuyée sur la table de la cuisine, un pistolet par terre, qu'Annabelle s'empresse de ramasser en veillant à ne pas effacer les empreintes.

De son côté, Agnès se penche sur une feuille manuscrite posée à côté du cadavre. Le défunt y explique les raisons de son geste et mentionne l'existence de trois cahiers sur lesquels il a inscrit tous les forfaits commis par la bande qu'il constituait avec Roger Compan et Yvon Labarthe, le père du fameux avocat.

En levant les yeux, la policière découvre les trois cahiers en bout de table, elle sort un mouchoir de la poche de sa veste et ouvre le premier, le plus neuf, rempli à moitié seulement. Il débute à la date du 6 octobre 1981 et, prise d'un espoir insensé, Agnès s'enquiert rapidement de la date du dernier délit : 8 avril 2002. Avec en dernière annotation : *« Nous avions décidé qu'à la mort du premier d'entre nous, nous arrêterions nos conneries. Yvon n'est plus là, adieu les plaisirs partagés. À présent, il ne nous reste plus qu'à le rejoindre. »*

La policière pousse un soupir de soulagement ; elle saisit un sac plastique qu'elle vide de ses pommes pour y déposer les trois cahiers et la lettre ; elle rassure le voisin, blanc comme un linge, appelle la gendarmerie d'Ancenis pour leur signaler le suicide, puis le commissariat de Nantes où elle tombe sur le capitaine El-Saïd à qui elle apprend la sinistre découverte. Justement, le juge Raspail a tenté de contacter Agnès à trois reprises dans l'après-midi. La dernière fois, Hicham a hésité à lui communiquer le numéro de portable, dans le doute, il s'en est abstenu. Sitôt raccroché, Agnès appelle le juge ; personne ne répond. Un mauvais pressentiment lui traverse l'esprit. Elle rappelle Hicham et lui demande de retrouver par tous les moyens le magistrat, soit au tribunal, soit, plus sûrement à son domicile.

Une fois les gendarmes sur les lieux, les deux policières peuvent repartir vers Nantes. Assise à la place du passager, Agnès est perdue dans ses pensées. En fait, elle attend un appel lui donnant des nouvelles du juge, sans savoir laquelle des deux nouvelles serait la moins mauvaise : la fuite ou le suicide. Concentrée sur sa conduite, Annabelle réfléchit, elle aussi. Certains détails la chiffonnent, ils ne cadrent pas complètement avec le déroulement des faits. Elle tourne la tête pour croiser le regard de sa patronne ; celle-ci fixe toujours l'horizon, sans remarquer qu'on l'épie. La conductrice se lance :

— Vous aviez prévenu le juge du programme de notre après-midi, pas vrai ? C'est sûr, il est votre supérieur hiérarchique, vous ne pouviez pas le lui cacher... Il est passé avant nous et il a conseillé à son père le suicide pour éviter l'humiliation d'un procès qui aurait anéanti l'un et ruiné la carrière de l'autre. Ça fout un peu les boules, non ? Par ailleurs, un autre point me turlupine au sujet d'une nouvelle loi concernant les délais de prescription. À ce que je sais, les crimes contre l'humanité sont imprescriptibles, les meurtres liés au terrorisme ont une durée de trente ans, pour les autres crimes, la durée de prescription est de dix ans. Ces viols datent de plus de dix ans. Je fais la fière, mais j'ai évoqué le sujet hier soir avec Julien, c'est lui qui m'a briefée de la sorte. Il en connaît un rayon, en matière de droit, il aurait pu devenir magistrat... Il ne se serait pas défilé, lui !

— Annabelle, le juge Raspail ne s'est pas défilé ! Il est venu s'assurer qu'avant de se donner la mort, son père aiderait la justice en livrant les trois cahiers dont il savait l'existence. Des feuilles qui comportent le récit détaillé de chaque forfait depuis plus de quarante ans, car leur complicité ne datait pas d'hier ! Trois cahiers aux pages chargées de récits abominables de viols, de menaces verbales ou physiques, de manœuvres d'intimidation sur des notables ou des fonctionnaires trop zélés ! Des noms s'y succèdent, comme sur le tableau d'honneur des anciens lycées. À une différence près, ici, c'est un tableau d'horreur ou de déshonneur pour des dizaines de jeunes filles ou de femmes mariées, passées sous les fourches caudines de ces trois pervers ! Des dizaines, peut-être plus d'une centaine et pas une plainte, pas un procès, pas une condamnation !

— Vous m'avez appelée Annabelle, Commandant, vous ne pouvez pas savoir comme cela me fait plaisir, je me sens plus proche de vous ! C'est vrai, avec... pardon, je dérape. Une centaine de viols que la loi ne va pas juger à cause de cette foutue prescription ! Nouvelle raison d'avoir les boules !

— Si vous m'écoutiez, Lieutenant, puisque sous votre grade vous paraissez plus attentive au contenu de mes propos, vous auriez su que la dernière date qui figure sur ces cahiers est avril 2002. Une partie des derniers viols peut donc encore être jugée. Voilà le cadeau du juge avant de nous quitter. Pas pour l'étranger, plus sûrement vers le ciel...

— Vous pensez qu'il s'est suicidé ? interroge Annabelle d'une petite voix. Il ne va pas endosser les crimes de son père, quand même !

— Il avait connaissance des viols perpétrés par ces trois pervers et il les a couverts pour ne pas blesser son paternel ! Une fois le mauvais chemin emprunté, comment faire demi-tour ? Et pour torturer un peu plus sa conscience, je lui ai exprimé mon point de vue sur la lâcheté de ces six filles : si elles avaient parlé, combien de drames auraient été évités ? Combien d'innocentes filles agressées, aux vies gâchées, aux destins brisés, auraient accédé à une existence plus douce, plus sereine, plus pure ? Sans parler des parcours des enfants nés de ces relations forcées, entamant leur vie avec un handicap presque insurmontable ! Oui, j'ai brossé le tableau d'une telle lâcheté au juge et, d'un moment à l'autre, je vais apprendre qu'il s'est suicidé, sans doute par ma faute…

— Finalement, si Nathalie Le Meur n'avait pas éliminé ces cinq filles, personne n'aurait pu leur intenter un procès pour non-assistance à personne en danger, ni chercher des poux sur les têtes des trois pervers ! s'insurge Annabelle en tapant sur son volant. Prenez-en soin de ces carnets, Commandant, ils valent cher ! Quelle affaire, quand même ! Moi qui me plaignais de travailler uniquement sur des dossiers nases !

— Annabelle, demain, je vais quitter Nantes. Je vais solliciter de la part du commissaire que vous preniez personnellement en charge un volet précis du dossier : rechercher les femmes dont les noms figurent sur ces cahiers et qui sont encore en vie. Voilà dix, vingt, trente ou quarante ans qu'elles végètent en ce monde sinistre avec un lourd secret qu'elles ne peuvent partager avec personne. Il vous faudra du tact pour les approcher ; certaines ont refait leur vie, posant une tapisserie propre sur un papier peint écorché, sans oser passer dessus un indispensable apprêt. Pourtant, savoir Compan devant ses juges leur procurera une paix intérieure que rien ne peut remplacer ! D'autres prendront le jour de votre venue comme le premier de leur renaissance ! Le dossier policier est quasiment bouclé, le volet judiciaire va s'ouvrir, mais l'aspect humain reste à vif pour une centaine de femmes…

— Agnès, ce dossier, ce n'est pas un boulot de profileuse, c'est la besogne d'une fille qui a des comptes à régler avec son passé ! assène Annabelle en freinant pour mieux se concentrer sur la réponse de sa passagère. Ne seriez-vous pas l'une des cent filles de ces cahiers, la première à renaître à cet instant ?

— Vous ne trouverez pas d'Agnès Delacour sur ce carnet !

— Mais peut-être une Agnès Meslin, puisque c'est votre état civil à la naissance ?

— Pas davantage !

Annabelle s'arrête sur le bas-côté et regarde longuement sa supérieure. Elle réfléchit comme jamais. Elle pensait avoir compris, Agnès lui ment ! À moins que…

— Alors, trouverais-je sur un plus ancien carnet le récit du viol d'une fille au prénom inconnu et au nom de Meslin qui serait votre mère…

— Probablement, Annabelle, probablement ! Faites tout pour conserver Julien auprès de vous, vous ne trouverez pas meilleur compagnon que lui sur la planète ! Il semble fort, en apparence, cependant il s'appuie sur vous pour avancer. Vous devrez l'aider à trouver l'équilibre qu'il cherche toujours, la sensibilité humaine est si délicate ! Bon, si on redémarrait, la journée n'est pas finie ! Je me demande pourquoi le capitaine El-Saïd ne m'a pas rappelée pour me donner des nouvelles du juge Raspail. Cela m'inquiète un peu.

*

Sitôt arrivée au commissariat, Agnès s'informe de l'avancée des recherches du fugitif ; pas de nouvelles du magistrat, ni au palais de justice ni à son domicile. Des voisins affirment qu'il est parti en voiture, peu de temps avant l'arrivée des policiers chez lui, seulement, malgré un dispositif conséquent de barrages, il demeure introuvable. Une image de plus en plus précise s'impose à l'esprit de la policière, lui apportant la certitude du lieu choisi par Édouard Raspail pour mettre fin à ses jours. Elle appelle Annabelle et lui demande combien de temps lui sera nécessaire pour rejoindre à moto les bords de Loire, plus précisément le lieu où a été découvert le corps de Karen Dulac.

— Vingt minutes toute seule, une demi-heure avec une passagère vêtue d'un costume de marque qui doit craindre le passage dans les flaques d'eau ! annonce la motarde en proposant un casque à Agnès. J'en ai un second sous la selle, pas de crainte ! Vous pensez qu'il est allé se flinguer à cet endroit ? Un flash de profileuse ? Dans ce cas, pas une minute à perdre ! Si vous savez vous tenir à moto, nous pouvons nous y trouver dans vingt-cinq minutes. Vu où il habite, il ne sera pas allé beaucoup plus vite en voiture.

Jamais Agnès n'a eu si peur sur deux roues ! La conduite d'Annabelle, précise et efficace, n'a rien à y voir, mais davantage les autres véhicules qui semblent s'être donné le mot pour freiner leur avancée et forcent la 750 à un périlleux gymkhana sur la chaussée glissante. Pourtant, la motarde n'a pas menti ; moins d'une demi-heure plus tard, le bolide s'arrête aux abords du terrain vague où Agnès avait entamé sa mission en découvrant le corps de Karen Dulac, la chanteuse. Elle ne comprend pas pourquoi Édouard a choisi ce lieu pour se supprimer, elle se demande pour quelle raison cette image s'impose à son esprit. Elle pose son casque sur le trottoir et court le plus rapidement que lui permet sa tenue citadine, manquant de déraper sur l'herbe gorgée d'eau. Elle s'approche et découvre le juge à genoux, à l'emplacement même où a été découvert le corps de Karen Dulac. Il porte le revolver à la tempe, elle le supplie de ne pas faire cela, il ne l'entend même pas. Elle arrive face à lui et s'agenouille à son tour, pour tenter de capter son regard.

— Édouard, je comprends ce que tu ressens à cet instant, mais tu n'es pas responsable des actes de ton père, même si tu les connaissais ! lui dit-elle d'une voix haletante. Ne commets pas l'irréparable, ce serait absurde !

— À quoi cela me servirait de continuer à vivre, puisque tu m'as déjà condamné, comme tu n'as trouvé aucune excuse à ces filles qui pouvaient permettre d'arrêter ces salauds et n'ont rien dit ? D'ailleurs, je ne crois pas un seul instant que Nathalie Le Meur soit responsable de leur élimination dans une pareille mise en scène ! Toi, par contre, tu as certainement subi ou vu subir ces atrocités et tu as décidé de te venger. Jamais je ne t'aurais dénoncée, Agnès, je t'estime trop et je comprends les raisons qui t'ont motivée. Mieux même, je suis admiratif de ton courage ! Par contre, je ne vaux pas mieux que ces filles…

— Je ne suis pas l'auteur de ces crimes, Édouard, je te le jure ! affirme Agnès en approchant une main pour tenter d'éloigner l'arme de la tempe. Lorsque je parlais en ces termes des victimes, je me plaçais seulement dans la peau du criminel soucieux de se venger d'un lot de drames restés impunis par la faute de six poltronnes. Ta position était différente, il s'agissait de ton père. Tu l'estimais avant d'apprendre ses errances, tu avais bâti des relations de confiance avec lui, on ne peut mener facilement devant les tribunaux l'homme qui vous a fourni vos premières armes dans la vie.

— J'ai adressé ma démission au ministre en lui expliquant que j'agissais ainsi pour raisons personnelles, explique le juge en relevant les yeux. De toute manière, j'aurais demandé à être dessaisi du dossier et, même si je n'en avais pas pris l'initiative, le procureur me l'aurait ordonné en raison de l'implication de mon père. Mais tout cela a moins d'importance à mes yeux que de passer pour un lâche à ceux de la femme que j'estime plus que tout au monde et que j'aime comme jamais je n'ai aimé personne de ma vie ! Tu as pris une place tellement importante dans mon existence depuis que tu y es entrée !

— Qui d'autre que moi sait que tu as déjà feuilleté ces cahiers ? questionne la policière.

— Moi, et c'est déjà trop pour ma conscience ! réplique le juge. N'essaie pas de me sauver, je suis condamné par tout mon être ! Comment continuer à vivre avec cette tache indélébile au fond de moi ?

— En consignant ces faits, ton père savait ce qu'il faisait ! explique Agnès. Il nous fournit une pièce capitale du dossier ; cela signifie à mon sens que, même s'il a participé par sa présence à ces actes abominables, il ne s'y est pas impliqué avec la même obscénité que ses acolytes. Et puis, une autre interrogation : pourquoi venir te suicider en ce lieu ? En raison du moment que nous avons passé ensemble ici ?

— Oui, mais pas seulement ! balbutie le juge en baissant la tête et l'arme. Karen Dulac était ma sœur ! Je l'ai appris en feuilletant un cahier, alors que je venais de lire un article où elle se montrait évasive sur sa jeunesse. Sa mère tenait une sorte de cabaret que fréquentaient les gens importants de la région. Elle a eu plusieurs époux et nombre d'amants, consentis ou sous la contrainte. Dont mon père qui l'avait dans la peau. La conclusion était évidente. D'ailleurs, mon père me l'a avoué, voilà quelques mois. Dès lors, j'ai cherché à aider Karen sans parvenir à lui révéler le lien qui nous unissait.

— Ce n'était pas ta sœur, juste ta demi-sœur ! rectifie Agnès. Mais je comprends qu'il puisse s'agir pour toi d'un lien important.

— L'histoire ne s'arrête pas là, laisse-moi continuer ! À la mort de ma mère, en écoutant parler la famille, j'ai compris que celle-ci avait contracté une maladie infantile qui lui interdisait d'avoir des enfants. J'ai replongé dans les carnets de mon père et j'ai trouvé l'origine de ma naissance. C'est ce jour-là que j'ai su qui était réellement ma mère et donc, quelques années plus tard, que Karen était ma grande sœur. Voilà pourquoi je suis venu finir ma vie auprès d'elle. Voilà pourquoi je refuse de supporter les horreurs d'un pareil déballage, lorsque chaque page de ces cahiers sera décortiquée en public…

— Tu veux te punir définitivement des crimes de ton père, tu refuses de survivre à la mort de ta sœur, ne penses-tu pas que tu mérites une seconde chance, un nouveau départ, en faisant table rase du passé ? La mort fera de toi un coupable dans l'impossibilité de se défendre aux yeux de tous. La volonté de rebondir te placera dans le camp des innocentes victimes qui ont voulu tenter d'oublier. Pour ma part, je prends demain le train de 13 heures 35 pour Paris. Je vais rendre compte de ma mission à ma hiérarchie et expliquer que la police française n'est pas encore organisée pour accepter le travail d'une profileuse… Je vais retourner à Atlanta où j'ai noué de bonnes relations et où ma place est réservée durant une année, si je le désire, pour un retour dans l'équipe qui m'a accueillie. Là-bas, peu importe d'où tu viens, ce que tu as fait, ta place dans l'échelle sociale ; les rapports humains s'établissent au jour le jour, épargnés de la lourdeur des traditions qui nous étouffent.

— Tu me jures ne pas avoir tué ces filles, Agnès ?

— Je comprends la personne qui a accompli ces gestes que je désapprouve. La justice personnelle n'est pas la justice. Elle règle un problème, elle en crée d'autres, la preuve. Même si, sans elle, nous n'aurions jamais mis à jour les agissements d'une bande de pervers et les exactions d'entrepreneurs véreux qui jouaient les caïds sur la région et dictaient leur loi. Nathalie Le Meur a avoué les crimes, elle me convient comme coupable, à bien y réfléchir ! Le parquet devrait entériner rapidement sa mise en examen. Moi, je serai loin déjà, dans ma tête. Pense à ma suggestion, Édouard ! Chacun de nous possède le droit à une seconde chance ! Allez, relève-toi, regarde dans quel état est mon imper par ta faute !

*

Assise sur sa moto, Annabelle attend patiemment. Elle a dû s'avancer un moment par curiosité, pour constater que la vision d'Agnès était juste et qu'elles étaient arrivées à temps pour empêcher le juge de commettre l'irréparable. Elle voit sa supérieure revenir vers elle à pas lents, la tête basse, emmitouflée dans son trench, suivie de loin par le juge. « Une fille étonnante ! », pense-t-elle, sans cerner totalement un personnage aussi mouvant. Elle pose une question, n'obtient pas de réponse. Elle propose à Agnès de remonter sur la bécane pour qu'elle la reconduise au commissariat, sa patronne lui explique qu'elle va marcher sous le crachin pour se rafraîchir un peu les idées. Elle démarre en trombe, fait une centaine de mètres, puis demi-tour. Elle s'arrête à nouveau à hauteur d'Agnès pour lui proposer de se joindre au dîner que Julien et elle projettent de prendre ensemble dans un petit resto proche de son hôtel.

Nouveau refus du commandant qui poursuit son chemin, le visage persillé de gouttelettes d'eau, avant de se raviser :

— Nous sommes loin du lieu où vous deviez effectuer votre course, annulée au dernier moment car Quentin Le Meur avait un autre programme ? interroge-t-elle brusquement.

— Un nouveau flash de profileur, Commandant ? Par Couëron, Saint-Étienne-de-Montluc et Le Temple, moins d'un quart d'heure ! Quelle idée vous trotte encore dans la tête ? Allez, montez, mais la prochaine fois, prévoyez une tenue plus adaptée parce que ce soir, votre tailleur, pour le cocktail de l'ambassadeur, il ne va pas le faire !

Vingt minutes plus tard, la 750 se faufile par une chicane sur une portion bitumée barrée par un panneau : « *Chantier – Entrée interdite* ». Quelques kilomètres plus loin, Annabelle se retourne pour expliquer que c'est à cet endroit qu'ils avaient rendez-vous. Agnès lui demande de poursuivre l'avancée en direction des ouvriers qui s'activent à la confection d'un ouvrage d'art. La motarde rechigne : sur une surface en terre, avec la pluie, c'est casse-gueule, surtout avec un passager ; elle s'y risque cependant, à vitesse réduite.

Les regards se retournent pour contempler les intrus, surtout la fille BCBG qui manque de glisser en descendant de la bécane. Un homme s'approche, le contremaître sans doute…

— Vous n'avez pas vu le panneau, c'est un chantier privé ! beugle-t-il tout en examinant son interlocutrice, dégoulinant de la tête aux pieds. C'est interdit au public ! Rebroussez votre chemin avant que je n'appelle les flics !

— Ce ne sera pas la peine, commandant Delacour et lieutenant Martinet, brigade criminelle ! annonce Agnès en sortant sa carte de police. Nous enquêtons sur deux disparitions. Vous n'avez rien remarqué d'anormal ici, ces derniers jours ?

— Du genre ?

— Du genre une pile de béton qui ne se trouvait pas là la veille au soir, quand vous avez quitté le chantier… Un boulot de petits lutins pendant la nuit…

— C'est vrai que nous avions creusé les fondations de cette culée et avons été surpris, le lendemain matin, de voir qu'un premier camion de béton avait déjà été vidé au fond. explique le gars, sans s'en émouvoir plus que cela. Il faut dire qu'en ce moment, sur le chantier, c'est un peu la panique. En quoi cela regarde la police ? C'est à cause des problèmes du grand patron ? Que lui reprochez-vous, au juste ?

— Vous ne touchez plus à cet ouvrage jusqu'à nouvel ordre ! explique Agnès en revenant vers la moto. Il est possible que deux distraits soient tombés dans le trou, dans la nuit, quelques minutes avant que la bétonnière déverse son chargement, si vous voyez ce que cela peut donner… Bonne fin de journée, Messieurs ! Lieutenant Martinet, vous demanderez au procureur une autorisation de démolition pour cette pile de pont ! On y trouvera certainement Anne et Maxime, réunis pour l'éternité, le soir de leurs noces de béton. Vous pouvez me déposer au centre-ville, je vous prie ? Un dernier détail à régler avant de quitter la région…

*

Au commissariat, les pages des cahiers font des ravages. Arrivé avec la certitude de ressortir promptement, faute de preuves et de témoins, Roger Campan se trouve en face de faits datant de moins de dix ans, pour lesquels il doit se justifier. Il n'est pas le seul. Maître Xavier Labarthe est mentionné, lui aussi, sur une ou deux affaires de viols, accompagnant son père, déjà malade !

Comme Julien et Hicham prennent un malin plaisir à expliquer à Roger Compan que c'est Corentin Le Meur, soucieux de ne pas tomber tout seul, qui l'a balancé, le vieux briscard ne se fait pas prier pour raconter tout ce qu'il sait sur les magouilles de son rival, sur ses méthodes de corruption pour obtenir des marchés, des passe-droits, des modifications du Plan d'Occupation des Sols.

Sans parler des crimes commandités d'individus récalcitrants ou de traîtres qui ont payé au prix fort leurs coups fourrés.

— J'accepte de tout endosser, mais par pitié, retrouvez ma fille Anne et mon gendre ! supplie Roger Compan en fixant le capitaine El-Saïd. Je suis certain que Le Meur les a éliminés ce même soir où sa collaboratrice est morte ! Seulement, qu'a-t-il fait de leurs corps ? S'il ne vous le dit pas, nous ne le saurons jamais. Vous devez le forcer à parler !

*

Quand Annabelle rentre au commissariat, elle trouve Julien installé à son bureau, penché sur l'un des carnets. Il ne l'a pas entendue entrer et fait un bond quand elle lui demande si c'est si jouissif de lire des récits de viols pour qu'il se concentre tellement sur ces pages infectes.

Il s'emporte aussitôt en la traitant d'immature, rappelant que chaque folle nuit du trio infernal correspond à l'instant de fêlure ou de fracture dans l'existence d'une jeune fille ou d'une femme. Annabelle rectifie aussitôt le tir, s'excuse platement pour sa plaisanterie de bien mauvais goût et annonce que le juge a été sauvé du suicide grâce à une nouvelle intuition stupéfiante d'Agnès.

Dieu sait pourquoi, il se trouvait sur le lieu où le cadavre de Karen Dulac a été découvert et la profileuse l'avait vu en flash ! Julien ricane d'impuissance.

— Cette nana est déroutante ! avoue-t-il en refermant le cahier. En une semaine, chargée d'enquêter sur une série de meurtres, elle vient de résoudre deux affaires qui étouffaient l'atmosphère de la région depuis plusieurs décennies. À croire qu'elle est venue à Nantes pour cela… À se demander si elle ne possède pas un lien direct avec ces drames… Voilà ce que je cherche sur ces carnets ! Seulement pas plus d'Agnès Meslin que d'Agnès Delacour.

— Cherche vingt ans plus tôt, dans le premier cahier, une jeune femme qui se nommait Meslin, elle aussi, sa mère. Tiens, regarde, je tombe dessus tout de suite : Arlette Meslin qui a travaillé durant une semaine au service de la famille Compan. L'un de ces trois salauds est certainement son père, vraisemblablement

Roger Compan ! Je n'ai pas envie d'en savoir davantage, j'ai la nausée.

— Si elle voulait se venger, c'est réussi ! Tout ce beau monde est à l'ombre pour un bout de temps, entre les viols, les trafics d'influence et les malversations, ils sont finis, hormis les deux fils Le Meur qui devraient s'en tirer avec des peines bénignes, pour une simple participation à des trafics locaux ! Tu sais qu'elle a bouclé son dossier, la patronne ? Il est sur le bureau du commissaire. Elle accepte de voir Nathalie Le Meur endosser les meurtres sans sourciller, sans réclamer de précisions sur les raisons qui l'ont incitée à une mise en scène aussi grotesque !

— Décidément, tu ne comprends rien à rien, Julien ! Pour un bon élève, tu me déçois. Une fois qu'ils ont abusé des filles, le plaisir de ces trois obsédés, c'était d'enfoncer la tête de leur victime enivrée dans un sac en plastique attaché avec un sparadrap, pour le plaisir de la voir suffoquer, se débattre, avant de crever celui-ci au tout dernier moment, pour lui sauver la vie. Une vieille pratique proche du jeu du foulard de notre époque. Passe-moi le second cahier. Bingo, regarde : *Ce soir, notre cible se nomme Nathalie Le Meur, la jeune et superbe épouse de Corentin Le Meur, le petit arriviste qui désire jouer dans la cour des grands. Il a déjà commis trop d'erreurs pour se montrer réellement un concurrent dangereux. Nous aurions pu le faire plonger, Roger a décidé de jouer avec son épouse, une superbe brune au regard hautain et à la prestance de jeune bourgeoise. On va la rejoindre à son domicile un soir où son jules est à Paris. Elle perd vite de sa superbe quand on lui parle des magouilles de son époux. Yvon sort quelques feuillets prouvant celles-ci ; si Corentin a opéré, la signature de Nathalie apparaît au bas de certains documents, elle est donc sa complice. Roger intervient : si elle s'offre à nous, on déchire les documents. Elle hésite, se regimbe, nous traite de monstres, elle est encore plus sublime en colère. Elle éclate en sanglots, jure que jamais elle ne s'abaissera à cela ! On feint de partir, elle nous arrête, ses lèvres tremblent, elle finit par se lever et ôter sa veste de tailleur, puis son pull de laine rouge et fait glisser sa jupe. Elle est splendide, c'est l'une des plus belles poules à notre tableau de chasse, on sait déjà que ce soir, c'est festin…* Cela te suffit pour justifier le geste de Nathalie Le Meur ou tu veux que je poursuive le récit des humiliations qu'ils lui ont infligées ? Ce soir-là, et combien d'autres après !

— J'ai vérifié juste un détail, pour sa défense ! Le jour du meurtre de Florence Cordier à Paris, Nathalie Le Meur accompagnait son mari à l'inauguration de la foire commerciale. Regarde la photo ! Eh oui, on apprend aussi un peu son métier à l'école de police ! On a jusqu'à demain midi pour prouver la culpabilité d'Agnès Delacour. L'avion, cela existe entre Atlanta et Paris, pour les deux premiers crimes. La coïncidence de la mort de Karen au moment de son arrivée, j'ai du mal à la gober ! Elle t'a montré son billet de TGV ? Le soir de la mort de Grace, elle s'est forgé un parfait alibi en dînant chez le grand patron. Mais on ne sait pas exactement à quelle heure elle a quitté leur domicile…

— Et tu te sens de taille à la convoquer pour un interrogatoire ? questionne Annabelle, ahurie. Elle est clean, je te dis, et je ne comprends même pas comment tu peux imaginer qu'elle ait franchi la ligne blanche !

— J'ai besoin d'un détail, d'un seul, pour la coincer ! Hicham m'a traité de fêlé, lorsque je lui ai exposé ma théorie. Lui, il voit le gratin qui se retrouve à l'ombre, cela suffit à son bonheur et il tresse des louanges quand il parle d'Agnès. Comme toi, d'ailleurs ! Cette nana vous a envoûtés ! Juste une preuve et je la tiens !

— Ah, au fait, elle m'a demandé de solliciter auprès du procureur l'autorisation de faire démolir la pile d'un pont en construction, enjambant la voie express ! conclut Annabelle, mi-sérieuse, mi-narquoise. Un autre flash : le couple Lantier y squatterait le sous-sol…

*

Jeudi, 18 heures, cimetière Saint-Clair à Nantes. Agnès est trempée jusqu'aux os malgré son trench. Elle s'est arrêtée chez un fleuriste de la rue des Renardières pour acheter un bouquet de roses qu'elle tient à déposer sur la tombe où repose Gaëdic Morvan si loin de ses parents et de ses proches car, par ici, à cette époque encore, un suicide représentait une infamie aux yeux de l'Église et la malheureuse n'avait pas bénéficié d'un enterrement religieux ni de la présence des siens.

En remontant la longue avenue Saint-Clair, Agnès se souvient de ce jour triste à mourir où elle fut la seule à accompagner la mère de Gaëdic derrière le véhicule des pompes funèbres ; elle avait 16 ans et déjà une foule de questions dans la tête qui exigeaient des réponses. Pourquoi ces gens avaient fait cela à cette gamine de vingt ans ? Pourquoi les copines de Gaëdic n'avaient pas prévenu la police ? Pourquoi celle-ci n'avait pas ouvert une enquête lorsque son amie était venue raconter son drame ?

Pourquoi personne ne lui avait tendu une main secourable, hormis Agnès qui la connaissait depuis si peu de temps ?

Sa mémoire la ramène à ce jour où elle a compris qu'elle était née d'un viol et que son père, mort entretemps, l'avait seulement reconnue comme sa propre fille.

Sa mère avait fini par lui expliquer qu'en allant vendre la marée aux halles de Nantes, elle avait fait une mauvaise rencontre : l'un des notables de la région à qui son mari avait emprunté de l'argent pour acheter son petit chalutier. À l'époque, les banques ne prêtaient pas facilement et les usuriers proliféraient, ils avançaient des sommes coquettes, à fort taux d'intérêt certes, mais rubis sur l'ongle. Tout juste possédaient-ils une garantie sur le bateau… Seulement, le père Meslin était tombé malade et ne pouvait plus sortir en mer aussi régulièrement. Les traites, elles, devaient être honorées chaque mois et maman Arlette tentait de se montrer convaincante avec son créancier, Roger Compan, pour qu'il patiente.

Elle avait une petite trentaine d'années et pas encore d'enfant, à cause des problèmes physiques de son mari, qui l'empêchaient d'en avoir. Ce qui l'humiliait, d'ailleurs ! Elle n'était pas spécialement belle, une fille du bord de mer, pas très grande, avec de belles formes et un caractère solide. Un jour, Compan lui avait proposé un marché. Elle s'offrait à lui, il effaçait les intérêts, elle devrait seulement rembourser le capital ; elle ne pouvait refuser, elle était tombée enceinte, son mari n'avait pas trop réagi, partagé entre la colère de se savoir trompé et le soulagement d'annoncer à ses collègues que son épouse était enfin enceinte. La fierté de prouver sa virilité avait fini par l'emporter sur les circonstances suspectes de la naissance.

Dès qu'elle avait appris le secret de sa conception, Agnès avait cherché tous les moyens de contacter Roger Compan et elle était allée à la maison maudite. C'était là qu'elle avait rencontré Gaëdic, elles avaient sympathisé. Agnès avait quitté le collège de Guérande pour un lycée nantais et Gaëdic sentait que, malgré l'insistance de sa mère, elle ne serait pas capable de mener à bien ses études de droit. Souvent, le week-end, elles se promenaient toutes les deux sur le bord de mer. Jusqu'à ce jour où Gaëdic ne fut plus la même. Elle venait de subir le pire, l'intolérable, ils l'avaient détruite.

Les amies avaient passé la journée ensemble et Agnès découvrit comment des hommes pouvaient traiter des jeunes filles. Une histoire si semblable à celle de sa mère et un même protagoniste : Roger Campan !

Elle avait très vite réalisé que Gaëdic ne s'en remettrait jamais toute seule. Elle l'avait accompagnée chez une psy qui venait de s'installer sur Nantes, Brigitte Beauvais, avait pris contact avec les autres locataires de la maison, spectatrices immobiles du drame et incroyablement muettes et passives depuis. Elle avait très vite compris que pas une seule d'entre elles ne parlerait, terrorisées qu'elles étaient toutes par la personnalité autoritaire de Roger Compan et de ses acolytes.

Vint le jour où elle apprit par les journaux le suicide d'une jeune étudiante ; elle comprit aussitôt qu'il s'agissait de son amie Gaëdic, celle-là même qui repose dans cette tombe presque abandonnée, qu'elle est certainement la seule à fleurir, une ou deux fois dans l'année, quand elle se trouve en France.

Voilà pourquoi Agnès s'est battue pour devenir policière en se promettant de faire un jour tomber ces trois salauds. Dans l'intervalle, à trois reprises, elle avait contacté les cinq colocataires pour tenter de les convaincre de porter plainte ou de témoigner contre ces criminels. Seulement, elles avaient fait leur vie et oublié Gaëdic, tellement insignifiante à leurs yeux. Remettre en cause leur confort pour se coltiner à nouveau les pervers, elles le refusaient. D'autant que certaines d'entre elles se trouvaient en affaires avec eux : Gabrielle qui avait choisi l'une des sociétés de Roger Compan pour le suivi de son programme de crèches ; Florence Cordier, l'avocate spécialisée dans les successions, qui signalait à son collègue Xavier Labarthe, le fils d'Yvon, les bonnes affaires qu'il se chargeait d'apporter sur un plateau à ses meilleurs clients, Le Meur, Lantier et Compan ; Clémence Abidal, la décoratrice d'intérieur, qui recevait des coups de pouce permanents des notables qui lui ouvraient leurs carnets d'adresses. Seule Karen semblait avoir pris ses distances car, de son côté, Grace avait fait plus fort en parvenant à se faire embaucher par Corentin Le Meur avec l'appui d'Anne Lantier ! Fait incroyable, vu de l'extérieur : elles travaillaient sans état d'âme à la solde d'hommes qui pouvaient détruire des filles de l'intérieur !

— Tu vois, Poupette, j'ai tenu ma promesse ! balbutie Agnès, agenouillée sur la pierre la plus basse de la tombe. Les salauds ont payé pour ce qu'ils t'ont fait ! À présent, tu peux reposer en paix… Tu peux t'envoler vers le paradis des âmes pures… Moi, je vais quitter définitivement la région et le pays, c'est la dernière fois qu'on se parle. Tu me manqueras toujours, je penserai souvent à toi. Nous sommes des oiseaux tombés de leur nid, qui savent se comprendre. Tu as choisi un moyen de te libérer du poids du déshonneur, qui te ressemble : tu es partie ailleurs pour ne pas déranger davantage... Moi, j'ai choisi un autre chemin, j'ai gommé le passé pour m'écrire une nouvelle histoire... Adieu, ma Poupette, vole tout là-haut où une place t'est certainement préparée !

Après un moment de recueillement, Agnès se relève et se dirige vers la sortie du cimetière en se renfonçant dans son trench. Le crachin s'est arrêté, la température est agréablement douce et les rues de Nantes ont repris leur activité normale. Si elle levait les yeux vers le ciel, à travers les moutons gris métal, Agnès pourrait même voir briller un rayon de soleil au-dessus d'elle, un clin d'œil de Gaëdic, la raison de son combat depuis tant d'années.

Arrivée sur le boulevard Pasteur, elle croise un tramway qui s'arrête un peu plus loin, en direction du centre-ville. Elle hâte le pas pour y monter, désireuse de ne pas quitter la ville sans expérimenter ce moyen de transport qui n'existait pas à l'époque de sa jeunesse nantaise.

Elle trouve agréable et reposant d'avancer en toute sécurité, tout en admirant les façades des plus anciens bâtiments.

Il ne faut pas plus de dix minutes pour rejoindre la place Graslin où Agnès décide de descendre pour aller préparer ses affaires à l'hôtel et surtout se changer, car elle est transie de froid.

En marchant jusqu'à l'île Beaulieu, que les Nantais appellent à présent l'île de Nantes, elle ne peut évacuer une idée étrange de son esprit : tout est en ordre, elle devrait se sentir soulagée et cependant un spleen lui serre la gorge et les boyaux ; elle a horreur de s'enfermer dans une telle déprime ! En regardant les flots tourmentés charriant boue, détritus et branches mortes, elle ne peut s'empêcher de penser que si un bon orage nettoie la nature, il transforme également les cours d'eau en larges caniveaux. De même, elle a jeté un pavé dans la Loire et les éclaboussures ont causé un grand nettoyage sur Nantes ; seulement des relents de puanteur lui donnent encore la nausée. Pour combien de temps ?

Sitôt dans sa chambre, elle se fait couler un bain chaud et s'enfonce dans les bulles pour détendre son corps, le laver des lambeaux d'atrocités qui se collent encore à sa peau. Mais comment se libérer le crâne de ses pensées sinistres ? Il est bientôt dix-neuf heures, c'est sa dernière soirée et elle n'a pas très faim. Elle se demande en quel endroit elle pourrait aller s'encanailler quand un appel téléphonique lui apprend qu'une personne l'attend à la réception.

Elle descend par l'ascenseur pour se trouver face à Annabelle.

— Je me suis disputée avec Julien et j'ai annulé notre tête-à-tête de ce soir ! annonce le lieutenant, pas plus navrée que cela. Je me suis dit que, si vous n'aviez rien de prévu, nous pourrions envisager une soirée entre copines…

— Je suis à l'origine de votre dispute, certainement ! coupe Agnès, méditative. Le lieutenant Fontaine me considère coupable de la série de meurtres et vous avez pris ma défense… À voir votre mise, vous avec suivi mes conseils et délaissé vos sempiternelles tenues de cuir pour des habits plus féminins qui vous vont à ravir ! C'est quoi, votre plan ?

— Je connais un petit club tranquille où j'ai mes habitudes, depuis quelques mois. Quand j'ai besoin de me retrouver, loin du boulot ou de la bande des motards, je m'y rends en solo. On peut y manger à tous les prix et surtout y boire, alcoolisé ou pas, danser si on le désire, s'éclater dans un karaoké ou simplement discuter jusqu'au bout de la nuit avec un autre solitaire qu'on ne reverra sans doute jamais. C'est une proposition…

— D'accord, mais pas de dragueurs impénitents ou de musique à tue-tête ! Par contre, manger un bout, boire et discuter, cela me convient ! C'est votre taxi qui attend devant la porte ? Je me change et je vous retrouve dans cinq minutes. Juste un point non négociable : vous êtes mon invitée, je vous dois bien cela, après vous en avoir tant fait baver !

*

Lorsque le taxi arrête ses clientes au milieu du quai de la Fosse, Agnès regarde Annabelle, interloquée. Dès qu'elles sortent du véhicule, elle lui explique le passé de cet endroit de la ville, rendez-vous des basses couches de la société nantaise, qui avait poussé de petits plaisantins à l'appeler le quai de la Fesse.

Cependant, elle fait remarquer à sa jeune collègue quelques hôtels particuliers aux façades si caractéristiques, penchant les unes sur les autres en raison d'un sous-sol marécageux, peu stable. Annabelle la rassure : même si ce lieu reste l'un des plus vivants des nuits nantaises, il est devenu très respectable, au fil des décennies. Et Le Canari Vert, club privé qui se trouve devant elles, une adresse prisée des personnes qui désirent passer une soirée sympathique, sans pour autant craindre un mauvais plan de drague ou de drogue.

Effectivement, une fois patte blanche montrée, les deux filles se retrouvent dans une salle à la lumière tamisée et à la douce musique de piano-bar. Une hôtesse s'avance vers elles et leur propose de la suivre jusqu'à une petite salle de huit boxes placés de telle manière que les clients d'une table ne gênent pas ceux d'une autre. Annabelle commande aussitôt une carafe de punch planteur accompagnée d'une assiette d'acras et de boudins antillais pour deux personnes. Agnès regarde la jeune femme métamorphosée sans sa tenue de motard. Dès qu'elle enlève sa veste de daim noir, elle exhibe un haut décolleté qui découvre largement ses épaules sportives, tenue plus osée que celle de sa supérieure, arborant un pull léger vert clair, comme la prunelle de ses yeux. La commande arrive, toutes deux lèvent leur verre.

— Je m'étais trompée sur toi, Agnès, je t'avais mal jugée, de prime abord ! lance la plus jeune, osant l'emploi du prénom et le tutoiement. Tu vois, j'entends parfois parler de flics ou de juges dont la vie entière est consacrée à un seul dossier ! Je viens de travailler sur l'une de ces affaires et c'est sécurisant de savoir que certains policiers ne lâchent jamais ! Je voulais quand même te demander, pour ma gouverne personnelle, si ta venue à Nantes représentait seulement le fruit du hasard ou si plusieurs personnes ont réclamé ta présence…

— Dès la mort de Gabrielle à Paris, je me suis intéressée au dossier. Quand le corps de Clémence Abidal a été retrouvé à son domicile, j'ai contacté le commissaire Jourdan. Son épouse Manon consulte régulièrement Brigitte Beauvais, la psy, et celle-ci lui a conseillé d'intervenir auprès de son mari pour qu'il réclame et obtienne ma présence. Le dernier coup de pouce est venu d'Édouard Raspail qui connaissait certainement mon histoire par les carnets de son père…

— Tu savais les deux affaires liées ?

— En partie, j'ignorais les magouilles de Le Meur et Lantier, j'aurais très bien pu mener mon enquête sans qu'ils subissent les éclaboussures de mes investigations. En fait, sans l'intrusion d'Alexandre dans ma chambre, je pense que les effets de mon passage au Trident se seraient rapidement estompés. Ces deux familles cachaient des embrouilles qui ne me concernaient pas. Pour leur plus grand malheur, ils m'y ont mêlée en pensant que j'étais descendue de Paris pour leur régler leur compte !

— Le juge va te rejoindre aux États-Unis, c'est cela ?

— Je l'ignore à cette heure ! En fait, pour tout te dire, puisque nous sommes copines, je ne sais plus très bien où j'en suis de mon existence ! Comme tu le disais, je viens de boucler le combat d'une vie. À 40 ans ! Je ne m'étais jamais placée dans ce cas de figure et j'ai perdu pas mal de repères. Je vais devoir apprendre à ne plus raisonner à partir du drame de Gaëdic, j'ignore encore comment ! Et toi, avec Julien, tu vas renouer ?

— Cela dépend de lui, la balle est dans son camp… Pas uniquement en raison de son jugement sur toi ! Pour une foule de détails du quotidien également. Je n'envisageais pas de construire ma vie avec un autre flic, mes quelques modestes années dans le métier m'ont vite prouvé que ce n'était pas un bon plan. D'un autre côté, je me sens bien auprès de lui, il me rassure et me stabilise. En général, les gars partent en courant quand on annonce son métier ; avec lui, ce problème-là, au moins, est résolu ! Et toi, ta vie sentimentale, si je ne suis pas indiscrète ?

— En fait, jusqu'à ce jour, j'ai mené une existence de patachon, de peur de devoir rendre des comptes sur mon combat à un compagnon sérieux. À présent, j'ai envie de poser mes valises et de fonder une famille, d'avoir des enfants, il est plus que temps si je ne veux pas qu'il soit trop tard ! Édouard ferait un merveilleux papa, mais nous n'en sommes pas là. Ce soir, nous en sommes même très loin !

VIII

Vendredi, 10 heures, institut médico-légal. Jean-Paul Faure arbore un sourire des grands jours quand il accueille Julien Fontaine. Sa tignasse blonde semble même encore un peu plus hirsute qu'à l'ordinaire.

Le lieutenant se demande ce qui rend le croque-mort de si bonne humeur. La raison arrive très vite :

— J'ai horreur de sécher sur un détail et je n'arrivais pas à trouver, dans les catalogues des fabrications françaises un adhésif noir qui corresponde à celui qu'a utilisé le serial killer pour emballer ses Botero. La largeur, notamment, ne correspond pas à une dimension aux normes françaises, ce qui me semblait étonnant. Normal, tu me diras, Botero étant colombien ! Tu vois, j'ai bien retenu la leçon de la divine Agnès. J'ai demandé aux gars de la scientifique de se pencher sur le problème, c'est leur job, après tout ! Je viens d'obtenir leur réponse : le ruban adhésif d'emballage utilisé par notre tueur en série est un modèle américain qui ne s'exporte pas.

— Et tu es certain qu'il n'est pas possible de se le procurer par Internet ou encore dans une boutique de stocks américains ? interroge Julien, dubitatif.

— Tu penses bien que je me suis renseigné et voilà la réponse d'un collègue de la police de New York : ce type de rouleau est spécialement préparé par un fabricant américain pour une compagnie aérienne intérieure, American Airlines, pour entourer les valises qui se sont éventrées ou encore les bagages suspects ouverts de force par les services de sécurité. La compagnie ne dessert pas la France et la vente de ce produit au public est interdite. Un modèle standard, de 5 centimètres et des poussières, avec les mesures anglo-saxonnes auxquelles je ne me ferai jamais, et d'une longueur de 9,145 mètres, encore leurs mesures…

— Ce qui signifie en clair que le serial killer arrive des États-Unis, si je te suis bien ! Ce qui explique également l'utilisation de sacs en plastique des librairies H des aéroports et autres gares importantes. Je mets ma main à couper que Nathalie Le Meur n'a jamais mis les pieds dans ce pays ! Et la seconde que l'adhésif utilisé par Julie, sa fille, n'a rien à voir avec ce modèle particulier !

— Tiens, un rouleau de sparadrap bien de chez nous, au cas où…

— Au cas où quoi ?

— Pour ton poignet, une fois la main coupée, même si tu auras du mal à stopper l'hémorragie…

— Bougre d'imbécile ! Par contre, je connais une personne qui arrive d'Atlanta pour assouvir une soif de vengeance qui remonte à très loin, une femme assez intelligente pour subtiliser un rouleau d'adhésif lors d'un contrôle d'embarquement, pour brouiller un peu plus les pistes ! Je te laisse, je crois que tu viens de me fournir la preuve qui me manquait pour relancer l'enquête.

— Tu penses à la pulpeuse Agnès ? s'étouffe le médecin légiste appliqué à gratter sa vague barbe de deux jours, pour exprimer sa perplexité. Tu as perdu la tête ou quoi ! Elle est commandant de police, elle ne va pas péter un câble au point de ruiner sa carrière pour un vieux contentieux !

— Va savoir. Elle est avant tout un être humain prêt à tout pour assouvir une lointaine vengeance qui hante ses nuits depuis deux décennies. Elle nous a baladés à sa guise depuis son arrivée, a pointé son doigt sur les coupables qu'elle désirait, voire les a désignés, a fait le ménage en grand dans la ville et la région et s'apprête à repartir en direction de la statue de la Liberté comme une blanche colombe. Seulement, à moi, on ne la fait pas !

— Si tu le dis…

*

Les adieux sont difficiles entre le commissaire Jourdan, satisfait de voir tant de dossiers bouclés en si peu de jours, et le commandant Delacour : elle s'était attachée à cet homme certes bougon, mais tellement sensible.

Il la remercie pour le sourire recouvré de son

épouse et la sérénité retrouvée de leur foyer, comme aux premiers temps de leur mariage, depuis que le couple se trouve en possession du dernier jeu de photos qui restait encore en circulation, plus précisément entre les mains d'Anne Lantier. Il lui a proposé de rester à la tête de la brigade, elle a refusé poliment. Il lui a confié que la ville de Nantes lui doit beaucoup, elle a rougi de confusion. Elle ne peut pas partager tout ce qu'elle pense, les idées qui lui passent par la tête, le film de quarante années de vie. Elle accepte l'accolade du grand patron et descend rejoindre son équipe. Seuls, le capitaine El-Saïd et le lieutenant Martinet sont présents, Julien Fontaine devait aller récupérer un dossier chez le croque-mort et une autorisation de démolition de la pile de pont du futur tronçon de la voie expres, au palais de justice. Elle les remercie pour leur coopération et s'excuse de les avoir souvent un peu bousculés. Néanmoins, ensemble, ils ont fait du bon boulot.

Elle rassemble ses quelques affaires et s'apprête à quitter le commissariat, puis elle s'arrête net. Elle repose l'ensemble sur un siège et se dirige vers les cellules en demandant au garde de lui ouvrir celle de Roger Compan, assis sur la paillasse, la tête entre les mains. Elle vient s'installer auprès de lui.

— Vous aviez supplié le capitaine El-Saïd de retrouver la trace de votre fille et promis de tout lui révéler dès que vous sauriez le sort que Corentin Le Meur lui a réservé… explique-t-elle d'emblée. Très rapidement, le capitaine sera en mesure de confirmer qu'Anne et son mari ont été balancés dans le trou des fondations d'un chantier de la région, rempli ensuite de béton. La démolition du bloc débutera demain. J'espère que vous tiendrez votre promesse par la suite !

— Je vous remercie, Commandant, j'ai trois enfants, mais Anne a toujours été ma préférée. Elle était tellement intelligente, si douée pour les affaires. Je ne comprends pas comment elle a pu tomber dans le piège fomenté par cet arriviste de Corentin Le Meur, je sais seulement qu'il l'a forcée à vider nos comptes aux Bahamas avant de l'éliminer ! Nul doute que l'argent aura transité vers l'un des siens, dans une banque voisine. Enfin, l'argent, ce n'est rien ! Il va surtout payer pour la mort de ma fille ! Vous ne pouvez pas imaginer la connivence qui nous unissait, elle et moi…

— Non, je ne peux imaginer la relation qui peut exister entre un père et sa fille, monsieur Compan ! appuie Agnès en se levant pour quitter la cellule. J'aurais pu l'entrevoir si vous aviez assumé votre charge paternelle, seulement vous aviez trop d'enfants disséminés dans la région pour vous occuper de chacun. Vous semblez surpris… Arlette Meslin, cela ne vous dit rien ? La femme d'un marin pêcheur de La Turballe à qui vous aviez prêté de l'argent pour acquérir son chalutier… C'est vrai, cela fait 40 ans, vous avez eu tellement d'autres maîtresses depuis ! J'ai souvent songé au moment où je me trouverais face à mon père biologique, tentant de déceler sur le kaléidoscope des sentiments, la facette qui correspondrait à ma réaction. Mais à cet instant, je ne sens rien d'autre que du mépris pour un vieux pervers qui va finir son existence derrière les barreaux. Non, ce ne peut être votre sang qui coule dans mes veines !

— Je suis désolé ! bredouille le vieux briscard, bien poltron devant l'une des preuves de ses si nombreux dérapages. Je ne savais pas, je ne l'ai jamais revue, cette Arlette Meslin ! Je vois que vous n'avez pas trop pâti de la situation.

— J'ai toujours mangé à ma faim et je n'ai manqué de rien matériellement, si tel est le sens de votre remarque, réplique Agnès, appuyée aux barreaux. En revanche, je ne vous dis pas les nuits à pleurer, à partir du jour où ma mère m'a tout raconté ; les jours à vous chercher, avant de comprendre que je n'étais qu'un enfant, parmi tellement d'autres, et certainement pas le plus marqué par son origine ! Je ne savais pas si, en vous voyant, mon cœur croiserait celui de son père ou si mes yeux fixeraient le visage d'un violeur… Finalement, ce n'est ni l'un ni l'autre ! Juste un vieillard pathétique qui me fait davantage pitié que peur, qui m'inspire davantage de dégoût que de colère ! Je vous laisse, j'ai soldé mon passé, j'ai un train à prendre vers une vie nouvelle.

*

13 heures, gare de Nantes, voiture 4 du TGV pour Paris.

Agnès n'a jamais aimé être en retard et aujourd'hui encore moins qu'un autre jour. Elle est installée près de la fenêtre et cherche à évacuer les pensées du passé qui viennent toujours l'assaillir, tant qu'elle respire l'air de cette ville. Elle capitule et replonge dans cette histoire qui est la sienne et dont elle ne se débarrassera pas de sitôt.

Elle n'a pas remarqué deux silhouettes qui s'approchent d'elle et seule une voix la ramène à la réalité :

— Commandant Delacour, je vous arrête pour les meurtres de Florence Cordier, Gabrielle Mongin, Clémence Abidal, Karen Dulac et Grace Miller. Vous avez le droit de garder le silence.

— Épargnez-moi cette litanie, lieutenant Fontaine, et dites-moi seulement sur quelles preuves vous fondez une accusation aussi formelle ! réplique Agnès sans bouger de sa place.

— Vous n'avez quasiment commis aucune erreur ! rétorque fièrement le jeune policier. Hormis une : l'origine du ruban adhésif. Il provient d'un lot uniquement produit aux États-Unis, pour une compagnie aérienne intérieure. Cela signifie que le serial killer a séjourné récemment sur le Nouveau Continent.

— Et je suis à vos yeux la seule personne, sur Nantes, qui a vécu aux States durant ces derniers mois ? Un peu léger, votre indice, Lieutenant ! Je ne pense pas qu'un tribunal s'en contente pour conduire un prévenu derrière les barreaux. C'est sûr, avec mon passé, je fais partie des suspectes ! Au même titre que vous, Lieutenant. Eh oui, ma chère Annabelle, ton petit ami, le lieutenant Fontaine, peut se montrer, lui aussi, bien cachottier ; il a omis de te révéler qu'il passait une partie de ses journées à rechercher une branche de ses origines. Julien Fontaine, dont la maman a travaillé durant trois ans, en qualité de danseuse, dans un cabaret de la région, tenu par la maman de Karen Dulac, la chanteuse !

— Comment savez-vous cela ? s'insurge le jeune policier. Vous m'avez espionné ? Ou alors s'agit-il de l'une de vos fameuses visions ?

— Une simple déduction survenue après une interrogation : comment un élève brillant, susceptible de postuler à toutes les villes les plus importantes du pays atterrit-il à Nantes alors que sa jeunesse s'est déroulée du côté de Toulon ? J'ai étudié votre dossier et j'ai vu que vous avez été élevé par votre mère, une danseuse de cabaret, métier qui n'a rien de déshonorant à mes yeux ! Pour faire court, en confrontant le passé de Karen Dulac aux renseignements du cahier du père Raspail, mon regard a été attiré par un nom qui vous a échappé car il n'est pas le vôtre. Lili Delille. Votre maman se prénommait Éliane et elle était née à Marquette-lez-Lille. Après cela, deux possibilités finalement sans grande importance : ou elle a choisi ce pseudonyme ou son patron le lui a imposé… En fait, Julien, je pense que nous sommes demi-frère et sœur… À moins que vous ne soyez le demi-frère du juge Raspail ou encore de Xavier Labarthe, l'avocat…

— Cela ne change rien au fait que vous avez tué ces filles pour vous venger du suicide de Gaëdic Morvan ! insiste le jeune policier, imperturbable. Qui d'autre aurait eu intérêt à les éliminer ? J'ai étudié le dossier de l'époque à fond, maintenant que je connais vos antécédents : à trois reprises, vous avez cherché à les inciter à porter plainte, à chaque fois, chacune d'elles vous a fermé la porte au nez !

— Ma parole de commandant ne te suffit pas, Julien ? Ma parole de demi-sœur non plus ?

— Si ce n'est pas vous, qui est-ce ?

— Arrête, Julien, tu deviens lourd ! s'emporte Annabelle en empoignant le blouson de son ami pour l'inciter à quitter le train. Tu n'as aucune preuve tangible de l'accusation que tu profères, tu vas droit dans le mur !

— Laisse, Annabelle, je vais répondre à Julien et ensuite, je vous laisse le libre arbitre ! répond Agnès, impassible. Ou vous laissez la justice condamner Nathalie Le Meur, qui a avoué les meurtres, ou vous relancez le dossier en expliquant que j'ai bâclé l'affaire. Pour moi, tout cela n'aura plus guère d'importance, en définitive. Un détail vous a échappé, lieutenant Fontaine : le cognac ! Bien joué pour le ruban adhésif, mais avec une enquête minutieuse, vous auriez remarqué que le dossier de la scientifique évoquait un même cognac, référencé uniquement dans une enseigne de hard discount : Priba. Il en existe trois sur Nantes. L'une d'elles se situe à proximité du domicile de Brigitte Beauvais et, en allant chez elle, par hasard, j'ai remarqué la même bouteille dans sa cuisine. J'ai demandé au directeur de consulter les achats de la psy, peu avant chaque crime, pour découvrir que Brigitte avait acheté une bouteille de cognac à chaque occasion. À propos du ruban adhésif, puisque votre accusation repose sur sa provenance, il est de notoriété publique que Brigitte effectue des voyages fréquents aux États-Unis, pour des congrès ou des séminaires. Elle circule dans le pays. Pour ma part, je n'ai pas quitté Atlanta, hormis pour revenir en France. Dernier détail, qui a son importance, les années de judo de Brigitte Beauvais, la salle de musculation qu'elle a installée dans son sous-sol… Il suffit de jeter un coup d'œil sur les étagères de son salon pour remarquer des coupes et des médailles obtenues dans ce sport, dans sa jeunesse, de détailler son allure pour noter une musculation solide sous la silhouette féminine de la psy.

— Et quel serait son intérêt ? questionne Julien Fontaine, goguenard.

— La version la plus plausible serait celle-ci, à mon goût : comme moi, elle n'aura pas accepté de voir ces filles se défiler, au moment de dénoncer les violeurs. La première fois que je l'ai rencontrée, elle venait de s'installer à Nantes. J'avais 16 ans et j'accompagnais Gaëdic Morvan pour un entretien. Depuis ce jour, en 24 ans, combien de femmes se sont-elles allongées sur son divan après qu'elles ont été victimes de ces pervers ? De combien de dommages collatéraux de ces exactions barbares a-t-elle été la confidente ? Sans parler des enfants nés de ces viols, cherchant à se construire…

— Si les psys se mettent en chasse des personnes qui tourmentent leurs clients, où allons-nous ? ricane Julien Fontaine. Votre version ne me convainc pas !

— Devant le nombre de cas dramatiques, Brigitte Beauvais a certainement voulu arrêter la spirale infernale. Elle aussi a cherché à persuader les cinq filles, sans résultat ! Pire même, sans doute : l'une d'elles, je pencherais pour Grace, est allée se plaindre à Compan qui aura aussitôt mis la thérapeute à l'amende… Alors, même quand on est psy, on reste un être humain qui doit vivre avec le poids de sa lâcheté. Un moment, la charge écrase… Elle ne pouvait pas parler des confessions de ses clients, par contre, elle pouvait punir les filles qu'elle jugeait responsables de ce gâchis. Elle s'est vengée à sa manière, en organisant des traquenards imparables pour ses victimes, usant de la confiance ou du respect qu'elle avait su inspirer à chacune, puis de sa maîtrise du judo…

— Et je dois me contenter de vos supputations de profileuse ? s'emporte Julien Fontaine. C'est un peu léger, non ?

— Brigitte voulait montrer à ces filles ce qu'avait enduré Gaëdic, mais aussi des dizaines d'autres femmes par la suite. Je la comprends, je ne l'excuse pas, mais je la comprends. Les aveux de Nathalie Le Meur m'ont épargné un dilemme entre mon intégrité morale de flic et ma conscience de femme. À présent, Lieutenants, la balle est dans votre camp, je vous refile le cas de conscience, puisque vous semblez vous ériger en gardiens de la loi pure et dure. Vous êtes jeunes dans le métier, encore adeptes du blanc et du noir. Avec les années, vous apprendrez à analyser les centaines de nuances de gris…

— Viens, Julien, l'affaire est classée ! insiste Annabelle en tentant d'attirer à elle son équipier. Les vrais coupables sont derrière les barreaux et rien ne ramènera les cinq victimes à la vie !

— J'ai besoin de réfléchir avant de prendre une décision ! assène Julien pour toute réponse. Elle m'embrouille avec son scénario alambiqué et ses parenthèses intimistes. On est des flics, pas des nounous. Si la psy est coupable, elle doit payer ! C'est une criminelle, nom d'un chien ! Et avec préméditation, en plus ! Nathalie Le Meur a ses torts, mais ce n'est pas elle la meurtrière. Mes états d'âme, je les range dans un placard et je mets une pile de chemises par-dessus, comme on me l'a appris à l'école de police. Où vas-tu, Nabi ?

— Tu sais ce que je pense de tout cela, je rentre à mon appartement ! Si tu veux jouer à Monsieur

Propre, tu te trouves une autre partenaire pour le boulot et la vie ! Une fille solide pour t'aider à expliquer à toutes les victimes de ces pervers que tu as arrêté la femme qui a voulu laver leur infamie, en permettant à la police de s'intéresser à nouveau au drame qu'elles ont enduré en silence ! Si tu veux que nous construisions un avenir tous les deux, tu sais où me rejoindre…

— C'est complètement ridicule, cela n'a rien à voir ! éructe le policier en regardant filer sa collègue de travail. Tu mélanges tout, je réclame juste quelques heures pour faire le point sur toutes ces informations !

— Julien, sans jouer à la grande sœur, suggère Agnès, tu devrais suivre son conseil ! Quand l'amour passe, il ne faut pas le rater ! Annabelle est une fille formidable, elle t'aidera à fouiller dans ce passé qui t'a été volé, à construire le présent et l'avenir. Je comprends ta rancœur, mais on ne peut pas tout contrôler. Tu es un bon flic, tu seras un époux attentionné. Comme tu agiras, ce sera bien. Sache seulement qu'en condamnant Brigitte Beauvais, tu empêches des centaines de femmes de tourner définitivement la page, car elles se sentiront responsables de la condamnation de la seule personne qui les a un jour écoutées et la culpabilité ne les lâchera plus. Tu as fait des études de psychologie, tu peux comprendre les répercussions inévitables de ta décision ; ces femmes ont le droit de connaître la paix de l'âme, selon moi. Sans doute se mêlent en moi des courants contraires entre le défenseur de l'ordre et la victime de ces salauds, je le sais ! C'est pour cela que je quitte la France, certainement... À présent, tu décides en ton âme et conscience et tu as raison de préciser que, selon la loi, la psy est la coupable.

— Quand même, vous n'avez pas perdu toute votre raison, je me faisais du souci ! ricane julien en trépignant sur place. Elle a tué cinq femmes de sang-froid, nous sommes bien d'accord tous les deux sur ce point !

— Songe aussi que, sans elle, des salauds couleraient une retraite heureuse en notables respectables, insiste Agnès. Et si l'un d'entre eux avait compris son stratagème, ils l'auraient éliminée avant que nous ne remontions à eux, comme à chaque fois qu'une victime tentait de se défendre. Karen, Clémence, Florence, Gabrielle et Grace n'étaient pas des criminelles, juste des complices par leur silence ; pourtant, les jurés ne leur auraient fait aucun cadeau ! Pas une seule d'entre elles n'aurait enduré les années de prison, entre les remords qui rongent et les lois du monde carcéral. Et Nathalie Le Meur a choisi de tomber pour cinq meurtres qu'un bon avocat pourra justifier, plutôt que pour la participation à bien d'autres crimes perpétrés par son mari, comme ceux des époux Lantier ! Sa fibre maternelle a certainement parlé, son propre intérêt également. J'aimerais reprendre contact avec vous deux, lorsque je me serai posée, si tu n'y vois pas d'inconvénient...

— On verra ; pour l'instant, j'ai des détails bien plus importants à régler ! réplique Julien Fontaine en s'éloignant pour rallier la sortie du wagon.

Le jeune lieutenant disparaît et Agnès chavire sa tête en arrière avant de fermer les yeux. Elle aurait aimé une issue plus chaleureuse avec ces deux-là ! Elle les aimait bien, "ses" jeunes lieutenants et trouvait en plus qu'ils allaient si bien ensemble ! De toute manière, dans cette affaire, tout était biaisé dès le départ, elle ne pouvait pas s'achever autrement que par un énorme malentendu. Elle est perdue dans ses pensées lorsque deux lèvres se posent sur sa joue. Elle pense à Édouard et découvre Julien, un sourire inquiet aux lèvres.

— Ma bise d'au revoir à ma potentielle demi-sœur, mon passeport pour reconquérir le cœur de Nabi ! Tiens, ma carte avec mon adresse e-mail… Si tu nous appelles, cela fera plaisir à Annabelle. Et à moi aussi, sans doute…

Julien Fontaine a juste le temps de sauter sur le quai avant que le TGV ne prenne un peu plus de vitesse. Il se hasarde à lever une main timide, ou émue, pour saluer Agnès. Celle-ci voit la gare s'éloigner, puis les maisons de la ville, les pavillons de banlieue, les terrains de maraîchage de la région de son enfance. Un léger vague à l'âme se transforme en pincement au cœur, puis il se dissipe. Au bout de la voie, une nouvelle vie l'attend, à laquelle elle pourra consacrer l'intégralité de son potentiel, désormais libérée de ce passé qui lui plombait le cœur. Elle n'avait pas noué réellement de relations à Atlanta, cette fois, elle pourra donner un peu plus d'elle-même dans les relations…

*

Dans sa tête, elle s'est envolée vers les États-Unis et envisage déjà son installation dans cette petite maison que lui avait proposée un collègue, située à Forest Park, au milieu d'un bois de chênes. En plus, en raison de la crise immobilière américaine, le petit pécule amassé sur son plan d'épargne-logement lui permettra d'investir dans ce havre de paix, le temps de voir venir ! Une fois de plus, perdue dans ses pensées, elle ne remarque pas un homme qui se penche vers elle pour lui demander si la place est libre à côté d'elle. Elle met un certain temps avant de sortir de sa bulle pour s'étonner de cette requête dans une rame où peu de sièges sont utilisés. Elle s'apprête à répondre quand elle reconnaît Édouard Raspail et devient radieuse en un instant pour lui accorder le privilège de l'escorter jusqu'au terminus.

— Tu as fait le bon choix ! lui assure-t-elle en l'embrassant. La mort n'est pas une compagne amusante ! Encore moins que moi, c'est pour dire ! Le terminus, Paris ou Atlanta ?

— J'ai mon passeport, manque le visa, cela devrait s'arranger rapidement… Ne bouge pas, je vais ranger ma veste au-dessus de ta tête.

— Attends, je vais t'aider !

Dans la précipitation du mouvement, les deux bras s'accrochent et la montre d'Agnès tombe au sol. Édouard se baisse pour la ramasser, en s'excusant de sa maladresse et constate aussitôt que l'attache du bracelet est cassée. Il redescend sa veste et en extirpe un petit canif et une boîte d'allumettes, lui promettant d'arranger momentanément l'affaire, le temps de trouver un spécialiste :

— Au sein de la famille Raspail, tu ne connais pas mon oncle auprès de qui j'ai passé de longues heures passionnantes. Il était horloger et ressuscitait les montres et les pendules au point de passer, à mes yeux d'enfant, pour un magicien ! Il m'a appris à remplacer une attache cassée par une allumette, tu vas voir, tu peux me tenir la boîte ?

— Tu es déjà allé aux États-Unis ? s'étonne Agnès en découvrant la publicité de la boîte d'allumettes, au nom de la compagnie American Airlines. Tu ne m'en as jamais parlé…

— On se connaît depuis une semaine ! se justifie Édouard tout en œuvrant sur la montre. C'est court pour tout dévoiler de ses talents ! Eh oui, chère amie, il m'arrive de participer à des conférences avec mes collègues américains qui s'émerveillent d'ailleurs de mon remarquable accent !

— Et naturellement, tu empruntes les avions de lignes de la plus grande compagnie intérieure et tu rafles les objets publicitaires sur le comptoir ! insiste

Agnès, pensant qu'elle s'est fourvoyée sur toute la ligne.

— Ils sont proposés aux clients pendant le contrôle des billets, bonbons, stylos, boîtes d'allumettes, je ne vois pas pourquoi je m'en priverais ! rétorque Édouard, sans quitter des yeux son ouvrage, peu inquiet du changement de ton de son interlocutrice.

— Comment ai-je pu me montrer suffisamment naïve pour me laisser mener en bateau par ton numéro de séduction et ta fausse tentative de suicide ! se lamente la policière sur un ton hésitant entre la colère et la déception. Bien sûr, celui qui avait le plus intérêt à voir l'affaire se régler de cette manière, celui qui pouvait tuer des femmes qu'il vomissait, sans éprouver le désir de les violer, ce ne pouvait être que toi ! Dire que, jusqu'au bout, je suis restée convaincue qu'il s'agissait d'une femme !

— Tiens, voilà ta montre, si tu ne t'agites pas trop, le bracelet tiendra jusqu'à Paris… affirme l'ancien juge, accaparé par sa besogne. Par contre, je te conseille ensuite de trouver rapidement un horloger, car c'est juste du provisoire. Tu disais ? Non, je ne vais pas te mener en bateau alors qu'un avion nous attend. Cette histoire, c'est celle que je raconte aux filles que je veux draguer. Je ne fume pas, mais j'ai toujours sur moi une boîte d'allumettes pour rendre service aux compagnes de table qui sollicitent du feu. Enfin, tant que fumer était un acte licite dans les restaurants… En fait, comme j'ai confié cette manie à ma psy, un soir que je l'avais invitée à dîner, elle me ramène des munitions de ses voyages à l'étranger ! Je sais, c'est un plan de drague stupide, seulement je manque de confiance en moi. Je n'ai jamais mis les pieds à New York ou ailleurs, je n'ai jamais quitté l'Europe ! Je te déçois ?

— Non, tu me rassures ! soupire Agnès. Par contre, je vais t'épater avec mes compétences de profileuse : ta psy se nomme Brigitte Beauvais !

— Bravo Sherlock Holmes ! D'un autre côté, sans diminuer ton mérite, c'est la plus grosse pointure de la ville de Nantes.

— Les victimes de la tueuse en série avaient les poignets et les chevilles attachées avec du ruban adhésif noir provenant des stocks de la compagnie aérienne American Airlines…

— Tu es en train de me dire que la femme qui a… bredouille Édouard Raspail… Brigitte Beauvais ? Non, ce n'est pas possible ! Tu es vraiment certaine ? Cela, c'est incroyable ! Dire que jusqu'à cette seconde précise, je restais convaincu que la véritable coupable de cette série de meurtres, c'était toi !

FIN

Plomelin - avril 2011.

Quadri Signe - Editions Alain Bargain
125, Vieille Route de Rosporden - 29000 Quimper
E-mail : editions.alain.bargain@orange.fr
Site Internet : www.editionsalainbargain.fr

ÉDITEURS DE BRETAGNE

Dépôt légal n°8 - 4e trimestre 2011
ISBN 978-2-35550-096-1 - ISSN 1281-7813
N° d'impression : 110315
Imprimé en France